KB236975

waiting for good news

카후를 기다리며

waiting for good news

하라다 마하 지음 | 오근영 옮김

스튜디오 본프리

카후: 좋은 소식, 행복 (오키나와 현 요나키시마 사투리)

1

도모요세 아키오는 언제나처럼 나른한 한낮의 졸음 속에서 분명히 무슨 소리를 들었다.

덜컹!

우편함 뚜껑이 열리는 소리.

툭!

봉투가 우편함 바닥에 떨어지는 소리에 이어,

달그락….

이것은 카후의 사슬 목줄에 매단 조개껍질이 부딪히는 소리다. 목을 잔뜩 빼고 돌담 너머의 모습을 살피고 있을 것이다.

가게 뒤에 있는 집 마당 쪽으로 누군가 다가오는 기척이 들리면, 툇마루 밑에서 졸고 있던 검은 래브라도 리트리버종인 카후는 어김없이 고개를 쳐들고 산호로 된 울타리 너머를 쳐다본다. 짖지는 않지만, 불단을 모신 안방에 있는 아키오가 마당을 등지고 있어도 목줄이 부딪히는 소리로 손님이 왔다는 것을 알 수 있다.

우편배달부였던 모양이다. 오토바이 소리가 멀어진다. 오전에 도착하는 정기 페리호로 오는 우편물은 저녁나절에 아키오의 집에 배달된다.

파란 하늘을 가리며 직선으로 뻗은 추녀가 안방에 딸린 툇마루에 밝은 그림자를 만들어주어 시원하다. 아키오는 툇마루 안쪽 불단이 당당하게 자리 잡고 있는 안방에서 큰 대자로 누워 있었다.

6월이 되자 기온이 쑥 올라가더니 어느새 여름이 되었다. 하늘도 바다도 푸른빛을 한껏 더해가는 지금부터 9월까지는 낮잠이 더할 수 없이 달콤한 계절이다. 아키오의 가게는 '점심휴식'이라고 하여 오후 두 시부터 네 시까지 잠시 가게 문을 닫는다. 바쁜 계절에는 끊임없이 관광객이 찾아오지만, 돌아가신 할머니로부터 가게를 이어받은 이후로 13년 내내 이 규칙을 바꾸려는 생각은 한 번도 해보지 않았다. 전날 저녁밥 남은 것을 가게에 앉아 마저 먹고 나면 방에 들어가 잠을 잔다.

아키오는 나른한 얕은 잠 속에서 하늘을 날아다니거나 오픈카를 몰고 달리는 신나는 꿈만 꾼다. 밤에는 도통 꿈이라고는 꾸지를 않는데 낮잠을 자면 어김없이 꿈을 꾼다. 그것도 자기 편할 대로 기분 좋은 꿈만 골라서 꾸는 것 같다.

달그락!

카후의 목줄이 다시 소리를 냈다. 아무도 온 사람이 없는 걸 깨닫고는 다시 엎드린 모양이다.

몸을 뒤척이다가 실눈을 뜨고 마당 쪽을 바라보니, 끝없이 펼쳐지는 파란 하늘에 구름이 떠가는 것이 보인다. 마당은 조용했고 아침에 널어놓은 빨래가 바닷바람에 펄럭이고 있다.

벽시계는 네 시 반을 가리키고 있다.

"앗! 큰일 났다!"

아키오는 팅기듯 일어나 허둥지둥 가게 뒷문으로 통하는 복도를 뛰었다. 셔터를 올려 가게를 열자, 학교가 파하고 집에 가던 세 아이가 한참을 기다렸다는 얼굴로 가게 앞에 쪼그리고 앉아 있다.

"아, 얘들아, 미안, 미안! 많이 기다렸지."

아이들은 앞 다투어 아이스크림 통을 휘젓는다. 한 녀석이 아이스캔디를 입에 넣고 동전을 계산대 위에 놓으면서 자못 화난 얼굴로 혼잣말처럼 투덜거린다.

"아저씨, 낮잠 잤구나. 무슨 가게 주인이 그래요!"

아이의 핀잔에 아키오는 자느라 뻗친 머리칼을 손가락으로 휘저으면서 웃을 수밖에 없다.

오후 여섯 시, 셔터를 닫고 전등을 끄고 뒷문으로 나와 복도를 지나 종종걸음으로 안방으로 간다. 툇마루 너머에는 주인을 기다리는 카후의 얼굴이 삐죽 보인다. 새카만 얼굴 한복판의 밝은 갈색 눈이 어서 산책하러 나가자며 조르고 있다.

아키오는 이리저리 던져놓은 샌들을 한 짝씩 찾아 신고 툇마루에서 마당으로 내려선다. 카후가 껑충거리며 반긴다.

사슬을 벗겨주자 마당 끝을 빙글빙글 두 바퀴 돌더니 '자, 갑시다!' 하듯 문 앞으로 달려가서 아키오를 기다린다.

매일 저녁 똑같은 시간에 어김없이 나서는 산책길. 아키오는 2년 전에 친구한테 얻어 온 이후로 항상 같은 자리에서 자신을 기다려주는 이 개를 둘도 없는 가족이라고 생각한다. 친구 결혼식 때문에 섬을 나가 나하까지 갔을 때는, 하룻밤 자고 돌아오는 길에 카후가 툇마루 밑에서 꼼짝도 하지 않고 기다리고 있다는 것을 멀리서도 느낄 수 있었다.

누군가가 나를 기다려준다는 것.

그런 일과는 인연이 멀었던 인생이다.

그래서 비록 동물이지만 자신을 기다려주는 존재가 있다는 것이 신기할 정도로 반갑고 고맙다.

아키오와 카후는 산호 울타리 문을 나와 앞서거니 뒤서거니 하면서 남쪽 해안길을 따라 천천히 걸어간다.

아키오의 집 앞에서 해안으로 가는 길은 햇살이 하얗게 부서져 눈이 부시다. 첫 번째 모퉁이에 서 있는 벵골보리수 나무가 하얀 길바닥에 짙은 그림자를 떨구고 있다. 하늘을 향해 힘차게 가지를 뻗은 벵골보리수의 무성한 잎들이 바닷바람에 사락사락 소리를 내며 흔들리고 있다. 거기서 오른쪽으로 돌면 완만한 언덕 너머로 바다가 펼쳐진다.

아키오는 어릴 때부터 벵골보리수 나무 모퉁이를 도는 순간 시야로 달려드는 이 풍경을 좋아했다.

수평선은 양팔을 힘껏 벌려 아키오를 반겨주는 것 같았다. 이렇게 시원하게 펼쳐지는 풍경 속으로 힘껏 달리다 보면 아무리 힘든 일이 있어도 그 순간만큼은 잊을 수가 있었다.

카후는 벵골보리수 모퉁이까지 오면 시키지 않아도 일단 멈춰 선다. 아키오도 동시에 거기 서서 양팔을 펼치고 있는 수평선을 바라본다. 그리고 나서 손뼉을 쳐서 신호를 보낸다.

"카후, 가자!"

동시에 카후가 바다를 향해 곧장 달려나간다. 아키오도 필사적으로 그 뒤를 쫓는다. 아무리 용을 써도 카후의 속도를 따라잡지는 못한다.

바닷가까지 단숨에 달려 내려오면 어릴 적 상쾌함이 되살아난다.

뒷집 할머니가 매일 차려주는 저녁밥이 여덟 시 경. 그때까지 아키오와 카후는 바닷가에서 지낸다.

카후는 모래밭에 도착하면 바다를 등지고 아키오를 향해 선다. 마치 동상처럼. 그런 다음 아키오가 투구 자세를 취할 때까지 기다린다.

적당한 크기의 산호를 주워들고 크게 휘둘러 바다를 향해 던진다. 카후가 몸을 돌려 물속으로 힘차게 뛰어든다. 첨벙 들어갔다가 5초도 채 되기 전에 주인이 던진 산호를 입에 물고 헤엄쳐 돌아온다. 아키오가 두 번째 투구 자세를 취하자마자 다시 첨벙, 물속으로 뛰어든다.

카후가 태어난 지 8개월 쯤 되었을 때 장난삼아 바다에 산호 조각을 던져 보았더니, 아무런 주저 없이 물로 뛰어들어 산호를 물고 돌아왔다. 바다 밑에는 수없이 많은 산호가 가라앉아 있을 텐데 카후는 어김없이 아키오가 던진 산호를 찾아 물고 온다. 물속에서 냄새를 구별할 수 있는 것도 아닐 텐데 이런 재주가 있다는 걸 알고 아키오는 놀라웠다. 그 이후로 아키오와 카후는 이 놀이를 매일 지치지도 않고 반복한다.

정신없이 놀다가 주위가 캄캄해지는 것을 모를 때도 있었다.

아홉 시가 다 되도록 놀았을 때는 기다리다 못한 할머니가 바다까지 찾으러 나왔다.

"야! 이 녀석들아! 빨리 안 올 거야!"

아키오는 야단맞은 어린애처럼 주눅이 들어 돌아가곤 했는데, 어느 날 카후가 엉뚱한 보물을 물고 나온 뒤부터는 할머니의 대응이 달라졌다.

그것은 가시복이었다.

온몸이 가시로 덮여 있는데다가 이리저리 정신없이 헤엄치는 물고기를 어떻게 잡았는지는 수수께끼였지만, 가시에 입이 찔리지 않도록 능숙하게 물고 할머니의 부엌까지 무사히 옮겨다놓은 것이다. 그날 저녁 밥상에는 할머니가 솜씨를 낸 가시복 요리와 조갯국이 곁들여졌다. 그 맛이 일품이었다.

해가 지고 나서도 바닷가는 희미하게 밝다.

카후가 오기 전에는 따뜻한 저녁 어둠에 싸인 바닷가를 그다지 좋아하지 않았다. 어린 시절의 기억이 떠올라 우울해졌기 때문이다.

마음을 밝게 북돋아주는 그런 추억이 없는 어린 시절이었다.

아키오는 오른손잡이지만 항상 왼손으로 산호를 던진다. 그러다 왼쪽 어깨가 뻐근해지면 오른손으로 아픈 데를 콩콩 두드린다. 아키오의 오른손은 어깨를 두드리기에는 안성맞춤인 등

닭이 같은 모양을 하고 있다. 태어날 때부터 손가락이 없는 조막손이다. 정확하게는 엄지손가락만 있고 나머지 네 손가락은 서로 달라붙어 큼직한 주먹이 되어 있다. 아키오는 그 손을 카후에게 내민다. 카후는 반가운 얼굴로 차가운 코끝을 비벼댄다.

그 조막손으로 애견의 새카만 머리통을 콩, 쥐어박는다.

"가자."

말이 떨어지기 무섭게 발길을 돌린다. 이윽고 짤랑거리는 사슬 목걸이 소리와 함께 카후가 조용히 뒤를 따라온다.

도모요세 상점은 전쟁 전부터 있었던 '구멍가게'로, 식료품은 물론, 화장지며 세제, 비료에다가 장갑, 공책, 그리고 장난감에 이르기까지 뭐든지 취급한다. 동시에 이웃사람들의 소통을 위한 장소가 되기도 했다. 물건을 사러온 노인들에게는 우물가 회의장이기도 하고, 학교에서 돌아오는 아이들이 아이스크림을 핥아가면서 모여드는 놀이터이기도 했다. 아키오는 그런 모든 사람들을 상대한다.

아무것도 사주지 않아도 맞은편 집 할아버지의 요통 이야기를 장황하게 듣기도 하고, 어린애들의 괴담놀이에도 끼어들어 항상 바쁘다.

아키오의 생활은 늘 이런 식이다.

아침 일곱 시 기상. 세탁기를 돌리고 나면 아침식사는 먹기도 하고 거르기도 한다. 카후와 아침 산책. 목줄을 풀어 마음대로 놀게 한다. 아키오는 해변을 따라 심어진 방풍림 그늘에 앉아 여유롭게 하늘을 바라보며 오늘 날씨를 점친다.

아홉 시 반에 가게를 연다. 열 시, 물건 도착. 목록을 체크하고 가게에 진열하거나 한다. 열 시 반부터 부락 주부들과 할아버지, 할머니들이 하나 둘 모여든다. 우물가 회의가 시작하면 어느새 그 틈에 끼어 있다.

오후 한 시, 뒷집 할머니가 해준 전날 저녁밥 남은 것을 가게에서 먹는다. 두 시부터는 잠시 가게 문을 닫는 '점심휴식' 시간. 안방에 들어가 낮잠을 잔다.

네 시, 가게를 다시 연다. 어린이 상대로 골목대장이 되어 놀아준다. 여섯 시에는 가게 문을 닫는다. 빨래를 걷어놓고 저녁 산책. 어두워질 때까지 카후를 데리고 논다.

여덟 시, 뒷집 할머니 집에 가서 저녁을 먹는다. 빨랫감과 카후에게 주기 위한 음식을 받아들고 집으로 돌아온다.

우편함을 열러 간다.

카후가 밥을 먹는 동안 식후 담배를 피우면서 우편물을 차근차근 훑어보는 것도 즐거움 가운데 하나다. 딱히 기다리는 우편물이 있어서도 아니다. 도매상에서 온 가게 물품에 대한 청

구서와 함께 자동차를 비롯한 옷, 묏자리 광고 등등. 그런 것
들을 하나씩 개봉하여 빠짐없이 꼼꼼하게 읽는다. 그러는 동안
카후의 접시는 바닥을 드러낸다.

그리고 나서 마당의 나무들을 손질하거나 툇마루에서 아와
모리(독한 오키나와 특산 소주 역자)를 홀짝거리기도 하면서 혼자
서 기분 좋은 시간을 보낸다. 카후는 접시를 씻어놓은 것처럼
깨끗하게 핥는다. 그리고 아키오의 발치에 누워 달구경 동무를
해준다. 배가 부르니 크게 기지개를 켠다. 아키오도 덩달아 기
지개를 켠다.

신문을 훑어보고 목욕을 한다. 항상 이부자리가 깔려있는 자
기 방으로 들어간다. 전등에 매달아놓은 긴 끈을 이불 속에서
잡아당겨 불을 끄면 하루가 끝난다.

아키오는 철이 들기 시작할 무렵부터 뒷집에 사는 무당 할머
니에게 곧잘 놀러가곤 했다.

할머니는 아키오의 집 뒷마당에 인접한 길 건너편 붉은 기와
지붕 집에 살고 있다. 백 년 이상 된 목조 가옥은 조금 기울어
져 있어서 안에서 사람이 걸어다니면 삐걱삐걱 소리가 난다.

거리에서 마당으로 들어서면 툇마루가 있고 거기서는 다섯
평 정도 되는 할머니의 기도실이 들여다보인다. 그 중앙에 큰

신전이 있는데 늘 조용하고 싸늘한 풍경이다. 어린 마음에도 그곳이 특별한 공간이라는 것을 눈치로 알았다. 아키오는 할머니네 툇마루에 오면 신전을 향해 꾸벅 고개를 숙인다. 옛날부터 지금까지 줄곧 그렇게 해오고 있다.

할머니는 어린 아키오가 오면 신전 앞에 바쳤던 과일이며 만두를 집어주며 마음껏 놀게 해주었다. 그때부터 이미 할머니는 혼자서 살았는데, 이따금 섬사람들이 와서 이야기에 빠져들거나 같이 기도를 하기도 한다. 아키오는 혼자 툇마루에서 놀면서 황량한 집안에 가끔 기도소리가 울려 퍼지는 것을 기분 좋은 음악처럼 들었다.

기도하는 방과 부엌 사이에 있는 두 평도 안 되는 방이 식사를 하는 곳이다.

"할머니, 저 왔어요."

아키오는 매일 밤 정해진 시간에 나타나 앉은뱅이 밥상을 닦고 음식이 차려지기를 기다린다.

할머니의 동그란 등이 부엌에서 바지런하게 움직인다. 주걱으로 밥을 담고 국을 푸는 모습이 보인다.

지역 라디오 프로그램을 들으면서 마주 앉아 식사를 한다. 떠드는 건 오로지 아키오다. 가게에서 있었던 일, 내일 날씨, 산책 갔던 일 등등. 별 것도 아닌 이야기지만 할머니는 말없이 귀를 기울인다. 식후에는 아키오가 뒷정리를 하고 들어와 텔레비전을 보거나 신문을 읽기도 하면서 자러 가기 전까지 한참을 눌러 있는 날이 많았다.

카후가 오고 나서는 먹이 문제도 있고 해서 아키오는 저녁을 먹으면 꾸물거리지 않고 바로 집으로 돌아오게 되었다. 할머니는 아무 말도 하지 않고 넉넉하게 지은 저녁밥을 덜어 그릇에 담아 가져가게 했다.

그날 밤에도 늘 그렇듯 아키오는 일찌감치 물러가려고 했다. 뒷집 할머니는 부지런히 찻잔을 정리하는 아키오의 손놀림을 가만히 바라보다가 중요한 일이 떠올랐다는 듯 불쑥 물었다.

"기별이 있었느냐?"

아키오는 놀란 얼굴이 되었다.

"무슨 기별?"

아키오가 되묻자 할머니는 마땅치 않은 얼굴로 눈살을 찌푸린다.

"뭔지는 모르지만 부뚜막 신한테 빌었더니 너한테 기별이 올 거라는 계시가 있었느니라."

'또야?'

아키오는 내심 쓴웃음을 지었다.

‘기별’이란 할머니가 모시는 신이 보내주는 사인 같은 것이다. 갑자기 허리가 아프거나 장롱에서 뭔가가 떨어지거나 길가에서 돌에 걸려 넘어지기도 하는 등, 그것은 온갖 형태로 나타난다.

할머니가 기도를 바치고 있을 때, ‘누구에게 무슨 기별을 보냈다.’라며 때로 그쪽에서 계시가 오는 모양이다.

할머니는 섬에 있는 유일한 무당이다. 사실은 오래 전에 은퇴했어야 할 연세지만, 후계자도 없고 해서 86세가 된 지금도 현역이다. 매일 누군가의 의논상대가 되어주고 기원을 맡아서 해주기도 한다.

오키나와에는 지금도 각지에 무당이 있어서 지역의 필요에 따라 활약하고 있다. 대대로 무당을 내는 집안도 있지만, 무당이 되는 사람은 ‘사다칸마리’라고 하여 천성적으로 높은 영감을 타고나야 한다. 무당이 되는 순간은 아무런 전조도 없이 불쑥 찾아온다. 갑자기 신의 목소리가 들려와 자신의 운명을 깨닫는다고 한다. 그리고 나서 한동안은 ‘신내림’이라고 해서 무엇에 홀린 듯이 아무 일도 못한다. 가족의 이해를 얻지 못해 정신병원으로 실려가는 경우도 있는 모양이다.

신내림을 받은 다음에는 엄격한 수행을 거쳐 무당이 된다. 그런 다음에는 신 혹은 선조와 교신을 하고, 신탁이나 죽은 이의 말을 전하기도 하고, 미래를 점쳐 나아갈 길을 제시하기도 한다. '반은 의사, 반은 무당'이라고 할 정도로, 병에 걸리거나, 부부싸움을 해도 의지가 되는 존재다. 한편 무당을 쫓아다니는 데 지나치게 빠져서 신탁이 왔다는 말만 믿고 전 재산을 바치는 딱한 사람도 있는 모양이다.

그러나 이 할머니는 진짜 신이 내린 무당, 즉 오키나와 말로는 '가민추(神人)'라고 아키오는 믿고 있다. 피가 섞인 친척은 아니지만, 모든 의미에서 아키오에게는 특별한 존재다.

같이 살던 친할머니가 세상을 떠난 지 7년. 가업인 잡화상을 혼자서 꾸려가는 아키오의 식사를 보살펴주고 있다. 부계 친척의 묘지인 문주묘(門柱墓)를 지키는 도모요세 가의 연중행사도 할머니가 모두 도맡아 해준다. 그리고 무엇보다 할머니의 영감에는 대부분 신기가 서려 있었다.

먼 옛날, 어린 마음에도 할머니의 '기별'이 적중하는 것을 보며 속으로 두려움을 느끼곤 했다.

먼 바다로 고기잡이를 떠난 아버지의 사고사, 그리고 동생을 사산한 뒤 홀연히 없어진 어머니에게 알려준 '기별'.

무슨 일만 있으면 '기별'을 해왔기 때문에 아키오는 그때마다 놀라곤 했다.

아키오는 어른이 된 후, 할머니의 '계시'를 들을 때마다 '거짓말 반 참말 반'이라며 스스로를 타이르기 시작했다. 그렇지 않으면 불안과 기대에 눌려 지레 죽을 것 같았기 때문이다.

그러고 보면 카후가 태어나던 밤에도 할머니는 '기별'이 올 계시가 있었다며 아키오에게 알려왔다.

그때도 아키오는 '또야?' 싶으면서도 "그래요? 굿 뉴스?"하며 웃어보였다.

"그래! 아주 좋은 소식. 카후니라."

할머니가 기분 좋게 그렇게 대꾸했던 것을 기억하고 있다. 바로 그 다음날, 어릴 적부터 친구인 아라가키 와타루가 "우리 집 개가 새끼를 낳았어. 한 마리 데려다 키울래?"하고 전화를 해왔던 것이다.

그런 연유로 강아지 이름은 카후가 되었다. 꽤 괜찮은 이름이구나 싶어 스스로도 감탄했다. 섬의 방언인 '카후'에는 '좋은 소식'과 '행복(幸)'이라는 두 가지 의미가 있다. 왠지 아주 좋은 일이 찾아올 것 같은 예감이 들었다.

'그때처럼 아무렇지도 않게 듣고 흘려버려야지.'

아키오는 그렇게 생각하며 밥상 위로 몸을 쭉 내밀고 장난스럽게 웃어보였다.

"그래요? 좋은 소식이라! 굿 뉴스?"

할머니는 후우, 하고 코로 긴 한숨을 내쉬며 천천히 아키오를 노려보았다.

"나한테 오는 좋은 '기별'이 아니라서 난 모르겠다!"

카후의 탄생 때처럼은 되지 않았다. 무슨 나쁜 짓을 하고 있는 것도 아니면서 아키오는 괜히 주눅이 들었다.

"으음, 우리 부뚜막 신한테 물어보거라. 구와치 사비탄(잘 먹었다)!"

아키오는 얼른 일어섰다. 할머니는 자세를 바로한 채 두 손으로 찻잔을 들고 이마 높이로 올리며 중얼거렸다.

"아나카시코 차 카후 아라시미소리(아무쪼록 항상 행복하기를!)"

할머니는 저녁식사 후에 반드시 차를 준비하여 기도를 바친다. 그 기도가 늘 아키오를 위해서라는 것을 알고 있다. 그 목소리를 뒤에서 들으면서 아키오는 가슴 속으로 손을 모은다. 그리고는 기도하는 방을 지나 툇마루 밑에 벗어놓은 샌들을 신고 마당으로 나간다.

통통한 초승달이 밤하늘에 밝게 떠있다.

할머니 집에서 돌아온 아키오는 저녁에 먹고 남은 음식이 든 그릇을 툇마루에 놓고 늘 하듯 우편함을 열러 갔다. 덜컹! 하는 소리와 함께 뚜껑을 열자 파르스름한 봉투 하나가 샌들을 신은 발등 위로 팔랑 떨어진다.

아키오는 엄지발가락 끝에 닿은 그 봉투를 응시했다.

사치(幸)

왼손으로 집어든 봉투에는 그 한 글자가 적혀 있었다.

오키나와 현 요나키시마 도모요세 아키오 님

겉봉에는 가느다란 글자가 꼼꼼하게 써있다. 마을 이름과 번지는 기재되어 있지 않다.

아키오는 문득 떠오르는 기억이 있었다.

낮잠을 자던 중에 들었던 우편함 뚜껑이 열리는 소리.

분명히 들었다. 카후가 돌담 너머를 살피는 그 기척까지 기억하고 있다.

왜 그런 사소한 일을 기억하고 있는 거지?

순간 아키오의 가슴이 이상한 예감으로 두근거렸다.

방금 할머니가 '기별'이 올 거라고 하지 않았던가.

"기별이 있었느냐?"

아키오는 편지봉투를 들고 우편함 앞에 서 있었다. 발신인 란에 쓰인 '사치'라는 글자가 아키오를 그 자리에 못 박힌 듯 서 있게 만들었다.

"누구지?"

아키오는 자기도 모르게 소리 내서 말했다.

그 말에 대꾸라도 하듯 카후가 컹, 하고 짖는 소리에 겨우 정신을 차렸다.

"아, 기다렸지. 밥 먹자."

저녁밥을 주자마자 카후는 허겁지겁 달려들어 먹기 시작했다. 아키오는 카후가 순식간에 접시를 비우는 것을 바라보다가 툇마루를 지나 안방으로 들어와 전등을 켰다. 그대로 앉은뱅이 책상 위에 하얀 봉투를 놓고 투시라도 하듯 꼼짝도 하지 않고 '사치(幸)'라는 글자를 노려보았다.

— 이것이 아까 할머니가 말한 '기별'인가.

— '굿 뉴스?'

— 설마, 아닐 거야.

— 그 반대가 아닐까.

째깍째깍 벽시계가 시간을 알리는 소리가 들린다.

아키오는 드디어 봉투를 열었다.

안녕하세요.

처음으로 편지를 드립니다. 그리고 첫 편지에서 이런 당돌한 부탁을 하는 것을 모쪼록 용서하세요.

도쿠시마에 있는 히호 신사에서 당신의 에마를 보았습니다. 그리고 망설이면서도 한줄기 희망을 갖고 이 편지를 쓰고 있습니다.

그 에마에 쓰여 있는 당신의 기원문이 진심이라면 저를 당신의 아내로 받아주시겠어요?

당신을 뵙고 싶어서 가까운 시일 내로 찾아뵈려고 마음먹고 있습니다.

그럼 이만.

— 사치

아키오는 편지를 읽고 나서 한동안 팔짱을 끼고 꼼짝도 하지 않았다.

벽시계가 째깍, 째깍, 시간을 알린다.

— 지금은 21세기다. 인터넷 시대다(나는 없지만).

— 휴대전화도 메일도 있다(이것도 나는 없지만).

— 통신수단은 얼마든지 있다.

— 어느 누가 신사의 에마에 적어놓은 기원문을 보고 응답을 할까.

— 그런 이야기는 들어본 적이 없다.

— 아니, 나는 분명 그렇게 썼다. "시집오지 않을래요."라고. 옛날에 유행하던 노래 제목이다.

— 막연한 생각으로 썼던 기원문이다. 에마라는 걸 처음 써 봤으니까.

— 분명히 그렇게 쓰긴 했지. 요나키시마 도모요세 아키오 라고.

— 하지만… 가만있어 보자!

그걸 쓴 건 올해 2월이었다. 호쿠리쿠의 외딴섬 도쿠시마에 있는 리조트 호텔에 섬사람들과 같이 갔었다. 유일한 관광지라 할 수 있는 투신자살의 명소인 절벽을 보러 갔다가 그 다음에 신사에 들러서….

"아키오! 있나?"

갑자기 부르는 소리가 났다.

편지와 눈싸움을 하고 있던 아키오는 심장이 멎는 것 같았다. 황급하게 무릎걸음으로 툇마루로 나가 실눈을 하고 마당의 어둠을 응시했다. 돌담 너머로 어릴 적부터의 친구인 아라가키 와타루가 자전거를 탄 채로 담배를 피우고 있다.

카후가 꼬리를 흔들면서 끄으응, 하고 어리광부리듯 한 번 짖었다. 와타루를 보더니 반사적으로 어미개가 온 줄 알았던 모양이다.

와타루는 오사카에서 사업에 실패하고 2년 전에 가족과 함께 카후의 어미개를 데리고 섬으로 돌아왔다. 아내와 외동딸은 좀처럼 섬 생활에 적응하지 못하는지 기회만 있으면 섬을 나가서 나하, 오사카 등을 다녀온다. 그럴 때마다 와타루는 아키오를 상대로 아침까지 술을 홀짝거리곤 한다.

"우리 식구는 너무 문명에 물들어 있어. 진짜 섬사람은 못 될 거야."

항상 투덜거리는 말이다. 밭을 사서 아가리쿠스 버섯 재배를 시작한 와타루는 까맣게 그을은 얼굴이 옛날보다 더 섬사람다워졌다.

"흐음, 그런가."

아키오는 냉정을 가장하며 대답했지만 목소리는 들떠있었다. 와타루는 개의치 않는 눈치다.

"오늘 다카시 집에서 친목회하는 날이지? 갈 수 있나?"

친구들이 일정 금액을 내서 예금을 하고, 모인 돈을 순서를 정해 사용하는 계모임 성격을 띤 친목회가 섬에서는 왕성하게 이루어진다. 이 모임을 빙자하여 술자리를 벌이는 것이 아키오와 친구들의 속셈이다.

"물론이지. 금방 나올 테니까 기다려."

아키오는 허둥지둥 부엌으로 가서 컵을 들고 다시 문 앞으로 나왔다. 와타루는 이상하다는 듯 아키오를 보고 있다.

"뭐 하는 거야?"

아키오는 흠칫 놀랐다.

"친목회 가는데 컵은 왜 갖고 가려고?"

"어라?"

아키오는 빈 컵을 눈앞에 들어보였다. 컵 너머로 와타루가 어이없다는 얼굴로 웃고 있다.

아키오는 상 위에 편지봉투를 놓아둔 채 와타루와 집을 나섰다. 누군가를 남기고 온 것도 아니면서 길을 가다가 몇 번이나 어두운 밤길을 돌아다보았다.

2

아키오가 요나키시마 주민 일행 40명과 함께 호쿠리쿠의 외딴섬 도쿠시마를 찾은 것은 4개월 전인 2월 연휴였다.

아키오는 호텔에 체크인을 하고 나서 가방에서 두꺼운 기획서를 꺼내 탁자 위에 놓았다. 표지에는 ‘하이리조트 요나키 프로젝트 책정서’라고 되어 있다.

여행가방 안에 집어넣긴 했지만 결국 한 줄도 읽어보지 못한 채 이 호쿠리쿠 리조트 호텔까지 들고 온 것이다.

“오기 전에 꼭 읽어봐. 너를 위해서도 섬을 위해서도 도움이 되는 계획이니까.”

어릴 적 친구 데루야 순이치가 그렇게 다짐을 했건만.

천천히 기획서를 펼쳐 여기저기 들춰보았지만 도무지 읽을 마음이 내키지 않는다.

"일단 목욕부터 한바탕 할까."

와타루의 요청에 기획서를 도로 가방에 쑤셔 넣고 타월을 들고 욕의 차림으로 허둥지둥 방을 나갔다.

순이치에게도 와타루에게도 말은 하지 않았지만, 아키오에게는 이것이 난생 처음 와보는 본토 여행이었다.

지금까지 가본 곳 중에 가장 먼 곳이 남쪽으로는 야에잔, 북쪽으로는 이와미다. 35년 인생에서 오키나와 현과 가고시마 현 남단 외에는 발을 들여놓은 적이 없다.

섬에는 고등학교가 없기 때문에 아이들은 중학교를 졸업하면 모두 섬 밖의 고등학교에 진학한다. 아키오도 친척 집에 기거하면서 나키진 상업고등학교에 다녔다. 그동안 줄곧 홀로 계신 할머니가 걱정이었다. 그래서 고등학교를 졸업하고 나서는 아무 주저도 없이 섬으로 돌아와 할머니를 도와 가게를 꾸려나갔다. 할머니는 아키오가 스물여덟 살이 되던 해에 세상을 떠났다. 그때부터 끼니는 뒷집 할머니가 보살펴주고 있지만 아키오는 줄곧 혼자다. 관혼상제와 관련된 일이 없으면 섬에서 한 발자국도 나가지 않는다.

진눈깨비가 흩날리는 가운데 주민 일행을 태운 비행기가 착륙했다. 본토 공항은 온통 은세계였다. 아키오는 처음 보는 눈에 흥분을 감추지 못하고 당장 눈덩이를 뭉쳐 와타루에게 던졌다. 와타루도 지지 않고 맞받아쳤다. 이 여행을 위해 통신판매로 구입한 코트가 어느새 눈을 흠뻑 뒤집어썼다. 다른 젊은 무리도 가세하여 버스에 타기 전부터 대소동이다.

공항에서 버스로 노토 반도 끝에 있는 항구까지 이동하여 거기서 전용 배로 30분. 더 깊이 쌓인 눈 속에 그 거대한 리조트 시설이 있었다.

순이치의 회사 ‘하이리조트 코퍼레이션’이 개발한 시설 ‘하이리조트 도쿠시마’는 섬의 10퍼센트를 차지하는 광활한 부지가 자랑이다. 골프장, 스파, 오락장, 레스토랑 등 다양한 설비를 갖추고 있고, 약 200명의 종업원이 일한다.

로비 앞에서 순이치가 스태프들을 즐비하게 거느리고 일행의 도착을 기다리고 있었다.

“우와아….”

아키오는 로비에 들어서자마자 자기도 모르게 감탄의 환성을 터뜨렸다.

높은 천장에서 비쳐드는 햇살로 입구 정면의 분수가 반짝반짝 빛나고, 여기저기 큼직하게 꽂아놓은 생화 향기가 코를 가득 채운다. 구두가 푹푹 빠지는 듯한 두툼한 양탄자 위를 걸어가는데, 짙은 갈색 카운터 너머에서 고급스러운 정장을 입은 미인이 "어서 오십시오."하며 환하게 웃었다.

순이치는 마을 의회 의원을 지배인에게 소개하고 뭔가 농담을 주고받으며 웃고 있다. 간발의 차이도 없이 벨보이가 와서 일행의 가방을 받아들고 엘리베이터로 안내한다. 순이치가 가는 곳마다 스태프가 깊숙이 고개를 조아린다. 순이치는 거침없이 그들에게 지시를 내리고 있다.

잠시 후 들어간 대연회장에서는 단상의 눈부신 스포트라이트 중앙에 순이치가 서 있었다. 천천히 마이크를 쥐고 프로 연예인처럼 입을 열었다.

"요나키시마에서 오신 여러분! 하이리조트 도쿠시마에 오신 것을 환영합니다! 저는 오늘 여러분을 모시게 된 요나키시마 출신 데루야 순이치입니다. 잘 부탁드립니다! 자, 박수! 박수!"

요란한 갈채 속에 순이치는 만면에 미소를 머금었다. 아키오와 와타루는 마주 보며 웃음을 터뜨렸다. 이 사람이 옛날의 그 뚱하기만 했던 데루야 순이치인가?

"이 노토 반도 도쿠시마는 보시는 바와 같이 시골이지만, 5년 전에 저희 회사가 진출한 이후로 연간 5만 명을 넘는 관광객을 맞아 섬의 부흥에 큰 역할을 하고 있습니다. 오늘 여러분을 모신 것도 이곳의 모습을 보시고 우리 고향 요나키시마에도 이와 같은 발전을 가져오게 하고 싶은 마음에서입니다. 자, 다 같이 이 곳에서 특별히 제조한 술을 마음껏 드시고 편히 지내십시오!"

"잘한다! 순이치! 꽃미남!"

여기저기서 야유가 터진다. 와타루도 손가락을 입에 대고 휘 파람을 불며 신이 났다.

어릴 적 친구들과 고등학교 동창들은 모두 결혼해서 대부분 나하, 도쿄, 오사카에서 살고 있다. 와타루처럼 귀향한 사람도 몇 명 있다. 도회지에 적응하여 몰라보게 달라진 사람도 있지 만 여전히 섬사람 기질 그대로인 사람도 있다.

그중에서 순이치는 가장 눈에 띄는 변모를 보여주고 있었다.

섬사람들은 모조리 '햇볕에 탄' 투박한 얼굴인데, 순이치는 그보다는 좀 더 세련되게 탄 '구릿빛 얼굴'이었다. 게다가 주위 어른들이나 여자애들에게는 잘생겼다는 칭찬을 들었을 정도의 외모의 소유자로 인기를 한 몸에 모았다. 하지만 본인은 항상 진지한 얼굴로 "놀리지 마!"하고 화를 내곤 했다.

여자애들에게는 뚱하기만 해서 자기 쪽에서 고백을 하거나 하지 않는다. 그게 오히려 "퉁명스러운 그 모습이 좋아."라며 어이없을 정도로 인기를 모았다. 아무렇지도 않게 양다리를 걸 치는데도 불구하고 여자들 사이의 인기는 떨어질 줄을 몰랐다.

아키오와 와타루는 그걸 보면서 질투를 넘어 감탄스러웠다.

"배우나 가수로 나가도 되겠다. 그러면 네 덕분에 우리 섬도 단번에 뜰 거야."

그럴 듯한 권유를 받기도 했다.

"아니, 나는 영화감독이 되고 싶어. 큰 작품을 제작하고 싶거든."

순이치는 진지한 얼굴로 말했다. 도쿄의 유명한 사립대 영상과에 합격했다는 소식을 들었을 때는 정말로 구로자와 아키라(일본의 유명한 영화감독 역자)처럼 되는 거 아닌가 싶어 아키오는 자기 일처럼 가슴이 설렜다. 자기 같은 사람에게는 도저히 일어날 수 없는 기적이었지만 순이치는 언제나처럼 뚱한 얼굴로 아무렇지도 않게 해낼 것 같았다. 거대 광고회사의 영상부문에 취직했다는 소식을 들었을 때는 그의 꿈이 차근차근 실현되고 있는 것 같아 부럽기만 했다.

아키오에게는 쫓고 싶은 꿈조차 없다.

이윽고 순이치로부터는 연락이 끊어졌고, 가끔 가게에 오는 그의 어머니는 "뭘 하는지 모르지만 외국에 갔다던데….”하며 말을 아꼈다. 아키오는 할리우드에서 감독수업을 하고 있을 순이치의 모습을 멋대로 상상하기도 했다. 친목회 때도 더 이상 순이치에 대한 화제는 나오지 않게 되었다.

작년 연말 오후, 뒷마당에서 카후가 전에 없이 사납게 짖어 댔다. 이상하게 여긴 아키오가 거실로 나가 보니 돌담 너머로 못 보던 번쩍번쩍한 검은 승용차가 서 있었다. 자동차 문이 닫히는 중후한 소리와 함께 나타난 것이 순이치였다.

고급 쥐색 양복, 목까지 단추를 꽉 잠그고 단정하게 맨 빨간 넥타이, 여전히 구릿빛으로 그을은 얼굴은 학창시절보다 훨씬 다부져 보였다. 그 얼굴이 아키오를 보고 웃는다.

"오랜만이다, 잘 있었냐?"

그날 15년 만에 만난 어릴 적 친구는 어마어마한 계획을 들고 고향에 나타났다.

인구래야 고작 8백 명 남짓밖에 되지 않는 요나키시마에 연간 5만 명의 관광객을 유치하는 거대 리조트개발을 하겠단다.

순이치는 영화감독이 되겠다던 꿈을 접고 취직했던 광고회사 시절에, 현재 근무하는 회사의 프로모션을 담당하다가 그 수완을 높이 사서 발탁되었다고 한다. 호쿠리쿠 리조트 개발을 시작으로 하와이, 괌에서도 개발에 손을 댔다. 그의 구릿빛 얼굴은 섬에서 햇볕에 탄 피부색과는 뭔가 다르다.

"내 얼굴은 오아후 섬 선탠이야."라며 하얀 이를 드러내며 웃는다.

"한번 보러 와. 마음에 들 거다."

순이치는 자신이 손댄 리조트 호텔을 시찰할 때마다 아키오의 동행을 집요하게 권했다. 개발이 성공한 모습을 보여주려는 것이다. 하지만 아키오에게는 도무지 딴 세상 이야기 같기만 하다. 나돌아 다니는 걸 좋아하지 않아 무거운 엉덩이는 움직이질 않는다.

순이치는 거의 매주 아키오를 찾아오기 시작했다. 그가 오는 기척은 카후가 극성스럽게 짖어대는 소리 덕에 보지 않아도 알게 되었다.

올 때마다 짖는 카후 때문에 기분이 상한 순이치가 분홍색 애완동물용 껌에다 리본을 매달아 가지고 왔을 때 아키오는 쓴웃음밖에 나오지 않았다.

“알았어. 한번 가볼게.”

순이치가 너무 집요하게 권하는 게 우습기도 하고 흥미도 약간 있었다. 드디어 아키오는 동행을 승낙했다. 듣고 보니 마을 의회를 비롯해서 부락장과 이웃사람들 모두가 간다고 한다. 리조트 개발의 찬성자나 반대자나 다 같이 2월 연휴를 이용하여 일단 한번 가보기로 의견이 모아진 것이다.

“내 그렇게 말해줄 줄 알았지.”

순이치는 아키오의 등을 툭 치며 진지한 얼굴로 말했다.

“내 말을 믿어. 이 섬을 반드시 멋지게 개발할 테니까.”

대연회가 끝난 뒤부터 꽤 많이 마신 것 같았다. 후반부는 무엇이 어떻게 되었는지 잘 기억이 나지 않는다. 분명히 3차까지 갔고 와타루랑 같이 순이치에게 끌려나가 이것저것 황홀할 정도로 맛있는 술을 끝없이 마시고 그리고….

"아!"

벌떡 일어난 아키오는 자기 옆자리로 조심조심 시선을 옮겼다.

옆 침대 위에서는 와타루가 팔베개를 하고 텔레비전을 보고 있었다. 두꺼운 커튼이 반쯤 열린 큰 창 너머로는 세상이 온통 눈에 덮여 시야가 눈부시게 희다.

"아, 일어났냐?"

와타루가 거침없는 목소리로 아는 척을 했다. 아키오는 잠시 숨을 가다듬더니 "휴우ー ."하고 한숨을 몰아쉬고 실내 가운 앞섶을 모아 쥐었다.

"넌 일찍 일어났구나."

와타루는 으랏차, 기합을 넣으며 일어나 가부좌를 틀고 앉더니 싱글싱글 웃으며 말한다.

"너, 어젯밤에 굉장히 대범하더라!"

"뭐가?"

"기억 안 나? 3차로 간 술집에서 찐하게 놀았는데."

아니, 사실은 조금 기억이 난다.

3차로 간 가게에서 취기를 빌어 클럽 여자에게 지분거렸던 기억이 있다. 허벅지사이로 손을 넣어 더듬자, 여자가 "어머, 왜 이래요! 징그러."하며 몸을 비틀었던 기억도 있다. 그리고 아키오는 기어이 그녀를 끌어안았다.

"뭐야? 뭐가 징그러."

우는 듯 갈라진 목소리로 아키오가 외쳤다.

"이봐, 이 아가씨 팁은 내가 알아서 할 테니까 데리고 나가도 돼."

순이치가 그렇게 속삭인 것까지는 기억에 있다.

아키오는 자신의 오른손으로 시선을 떨구었다. 이 손으로 여자의 허벅지를 더듬었다는 것이다. 부드러운 감촉이 아직 남아 있는 것 같다.

'그 다음에 여자는 어떻게 됐을까.'

와타루에게 물어볼 수도 없어서 아키오는 입을 다물었다.

'그랬겠지. 이렇게 이상하게 생긴 손으로 주물럭거렸으니 징그러웠겠지. 후훗.'

아키오는 오른손 엄지손가락을 구부렸다 폈다 하며 웃었다.

어릴 때부터 아키오는 오른손의 불구 때문에 주눅이 들어 언제부턴가 주머니에 넣고 다니는 버릇이 생겼다.

어머니와 잡는 손은 늘 왼손이었는데 때로 어머니는 일부러 오른손을 꼭 쥐고 걸었다.

"이 손을 보고 누가 뭐라고 하거든 가슴 속으로 하나, 둘, 셋, 하고 헤아려. 참을 수 없을 때는 늘 하나, 둘, 셋, 이렇게 하는 거야."

어머니의 가르침은 친구들의 놀림을 받고 잔뜩 위축되어 있던 아키오의 마음을 구름처럼 가볍게 해주는 마법이었다. 어머니에게 그 마법을 배운 이후로 뭔가 참을 수 없는 일이 있을 때, 애써 뭔가를 하려고 할 때도 가슴 속으로 셋을 헤아렸다. 그러면 이상하게도 화를 내거나 허둥대지 않고 편안하게 마음을 다스릴 수가 있었다. 어느새 버릇이 되어 지금도 가끔 그 방법을 쓴다.

하지만 아키오는 이 손을 증오했다. 모양도 흉하고 아무 짝에도 쓸모가 없다. 아예 잘라버리자 싶어 마당에 있던 손도끼를 몰래 방으로 갖다 숨겨놓은 적도 있었다. 사실은 그럴 만한 용기도 없었다.

언제나 그렇듯 아무 짓도 하지 못했다.

어머니가 갑자기 집을 나갔을 때도 사실은 자신의 이 손 때문이 아닐까 하고 아무도 몰래 바다로 나가 혼자 울었다. 속으로 하나, 둘, 셋, 하고 백 번을 더 헤아렸지만 눈물이 멈추지 않았다.

"배짱이 그렇게도 없냐? 여자 하나 제대로 구워삶지도 못하고. 그러니까 아무도 시집을 안 오지."

팔베개를 한 채로 와타루가 크게 기지개를 켜면서 말한다. 그 말에 불끈 화가 났지만 아키오는 언제나 그렇듯 속으로 하나, 둘, 셋, 하고 헤아린다.

"그러게. 누가 나한테 시집오지 않으려나."

농담처럼 대꾸하면서 일어나 커튼을 홱 열어젖혔다.

창 너머로는 얼어붙은 듯 둔탁한 바다가 펼쳐지고 있었다. 본 적도 없는 싸늘한 겨울 풍경에 자기도 모르게 몸이 오그라드는 것 같다. 눈송이가 이따금 바다에서 불어오는 바람에 날려 이리저리 흩날린다.

"아침 먹고 나서 관광이라."

뒤에서 와타루가 흥미 없다는 투로 중얼거린다.

아침식사 자리에서 거창한 요리사 모자를 쓴 스태프가 구워주는 햄과 치즈가 든 동그란 오믈렛을 받으면서 아키오는 아무래도 기분이 개운치가 않았다. 몸에 아직 술기운이 남아 있는 탓인지 모처럼 차려진 화려한 아침식사가 맛이 없었다.

나른한 몸에 무거운 코트를 입고 로비로 나갔다. 바깥은 어느새 희뿌옇게 밝아오고 있다. 현관에서 한 발 나서자 아래쪽 주차장으로 가는 완만한 언덕이 멀리까지 보였다. 거울처럼 반짝이는 잿빛 바다를 빼놓고 모든 것을 하얗게 덮은 설경이다.

바다의 눈부심에 익숙해 있는 눈도 하얗게 내린 눈의 반사에
는 초점을 잃을 것 같다. 입구 앞에서 다시 나란히 서 있는 스
태프에게 인사를 받으면서 아키오는 눈을 깜빡거리며 버스에
올라탔다.

관광이라고 해봐야 워낙 작은 섬이라 볼 거라고는 없었다.
'수족관'은 도미나 오징어가 헤엄치고 있는 횟집 어항 같았고,
'플레이랜드'에서는 흩날리는 눈 속에 판다 모양의 놀이기구가
눈에 묻혀 있었다. 30분이 채 되기도 전에 모두들 버스 안에서
꾸벅꾸벅 졸기 시작했다.

"보다시피 이 섬에는 이렇다 할 명소가 없습니다. 원래는 유
배지였다고 합니다."

맨 앞에 앉은 순이치가 뒤를 돌아보며 졸고 있는 사람들을
향해 설명을 시작했다.

"가마쿠라 시대(1185년부터 1333년까지)부터 에도 시대(1603
년부터 1867년까지)까지는 유배의 섬으로, 많은 죄인들이 여기
서 생애를 마감했다고 하는 쓸쓸한 섬이지요. 주요 산업은 어
업뿐이고 관광과는 인연이 먼 곳이었습니다. 그런데 하이리조
트가 생기고 나서는 연간 5만 명의 관광객! 요나키는 2만 3천

명. 두 배 이상이지요.”

와타루 혼자만 좌석에서 몸을 내밀고 음, 음, 하고 맞장구를 치고 있다. 아키오는 꾸벅꾸벅 졸다가 쿵, 하고 창문에 이마를 부딪히기도 한다.

버스가 천천히 멈추었다.

“지금부터 가는 곳이 그러니까, 굳이 말하자면 가장 유명한 관광지가 되겠습니다. ‘하토가케(波頭崖)’라는 곳입니다.”

순이치는 일어나더니 소곤소곤 이야기하듯이 입가에 손을 대고

“예로부터 동반자살의 명소로 알려져 있지요.”하더니 씨익 웃었다.

“여러분도 알고 있지요? 3년 전에 인기 여배우 S와 배우 T가 여기서 투신했지요….”

순간 차 안이 조용해졌다. 심상치 않은 분위기를 느낀 아키오는 갑자기 잠에서 깨어 주위를 두리번거렸다.

코트 앞자락을 단단히 여미고, 눈 속을 헤치며 ‘명소’를 향해 아키오도 일행과 함께 움직였다.

S와 T가 불륜의 사랑 끝에 바다에 투신했을 때는 일본 전국이 떠들썩했었다. 투신하기 전에 절벽이 내려다보이는 바위 위에 있는 ‘히호 신사’에 두 사람의 이름으로 마지막 말을 남겼다

는 것도 유명하다.

에마(繪馬 : 발원할 때 혹은 소원이 이루어졌을 때 그 사례로 신사나 절에 말 대신 봉납하기 위해 그림을 그려 넣은 판자 역자)에 써놓은 기원문은 그 해의 '유행어대상' 후보가 되었을 정도다.

그곳이 이렇게 한산한 곳이었다니.

"우와… 여기서 뛰어내렸다고? 믿을 수 없어."

옆에 있던 와타루도 잔뜩 겁먹은 얼굴이다.

용기가 얼마나 대단하면 이런 높은 곳에서 몸을 던질 수 있을까. 지금도 연간 수십 명이 여기서 투신자살한다고 한다. 죽음을 결심하는 사람들의 처절한 마음속을 상상하려 했지만 아키오의 머리로는 도저히 불가능한 일이다.

일행은 높은 언덕 위에 있는 히호 신사로 이동했다.

오키나와 밖으로는 거의 나가본 적이 없는 아키오는 신사의 불각(佛閣)이 낯설기만 하다.

오키나와에서는 어느 지역이나 그곳에 뿌리를 내리고 있는 신앙이 있다. 다양한 계절 행사가 지금도 왕성하게 이루어지고 생활의 중요한 요소요소마다 침투하여 영향력을 갖고 있다. 집에는 '부뚜막 신'이 모셔져 있고, 화장실이나 집안 대들보에도 신이 있다고 믿어 이런 것들조차 예의를 갖춰 모시고 있다.

그런 식으로 신과는 떼려야 뗄 수 없는 생활이지만, 일부러 '본토의 신'이 계시다는 신사 불각 같은 곳에는 가볼 일이 아예 없었다. 아키오는 신사의 도리이(鳥居 : 사찰의 일주문 같은 것 역자) 조차 한 번도 지나가 본 적이 없다.

히호 신사의 도리이는 눈 속에 굳건하게 서 있었다. 이 땅에서 떠난 나그네 영혼들의 무연고 위패를 지키면서 지금은 자살자를 제사지내는 신사가 되었다.

'이곳 신의 역할이라는 게 얼마나 쓸쓸한 것인가.'

아키오는 시주함에 동전을 던지면서 왠지 서글픈 마음이 되었다.

"그래도 최근에는 인연을 맺어주는 명소라고도 하지. 그게 대부분 불륜이지만."

경멸하듯 아키오 뒤에서 순이치가 중얼거렸다.

이제 새로운 명소가 된 '이별의 에마' 봉납소로 가보았다.

봉납소에는 에마가 종처럼 매달려 차가운 눈 속에 흔들리고 있었다. 2월 날짜가 적힌 것도 많다. 그걸 보면 요즘 같은 비수기에도 많은 관광객이 이 섬을 찾는다는 것을 한눈에 알 수 있었다.

아키오는 시린 손으로 눈을 털면서 에마에 적힌 기원문을 하나하나 눈으로 쫓았다.

오래오래 서로 사랑하기를

언젠가 꼭 두 사람이 맺어지기를

이승에서 이루어지지 않는다면 저승에서 하나가 될 수 있기를

확실히 불륜의 냄새를 풍기는 메시지가 많은 것 같다. 그중에는,

××씨의 부인이 빨리 죽어주기를

이라고 쓴 것도 있었다. 신에게 바치는 기도라기보다 악마와의 거래 같다.

옆에서 와타루가 "어이, 이거 봐, 재미있는데."하며 어깨를 친다.

아저씨랑 헤어져서 빨리 제대로 된 결혼할 수 있게 되기를♡ 누가 나를 아내로 맞아주세요(웃음)

— ××시 하루카

“네가 이 여자를 데려다 살면 어때? 본토 여자야.”

와타루가 팔꿈치로 아키오를 친다. 아키오는 신음소리와 함께 무안한 얼굴로 머리를 긁었다.

“아니, 관둘래. 이런 여자 좀 무서워.”

“그렇긴 해.”

와타루는 멋쩍게 웃으며 팔짱을 끼더니 갑자기 “잠깐.”하고는 방금 온 길을 되돌아갔다가 잠시 후에 빈 에마 판을 들고 왔다.

“너도 이 에마에 기원문을 적어 봐. 인연을 맺어주기도 하는 신사라잖아.”

하며 아키오의 손에 에마와 매직펜을 건네주었다.

“넌 안 할 거야?”

하고 묻자,

“아니, 나야 마누라가 있잖아. 너, 그렇게 장가 못가고 있다가는 나랑 어울리기 힘들 텐데.”

와타루는 왠지 진심으로 걱정하는 것 같다.

서운하기도 하고 고맙기도 하고 아키오는 복잡한 마음이었지만 잠자코 작은 판자를 쳐다보다가 왼손으로 펜을 쥐고 판자 가득 썼다.

"자, 어때?"

봉납소 한가운데 맨 꼭대기에 당당히 걸었다. 와타루는 그걸 보더니 큰소리로 웃었다.

"너더러 누가 프러포즈를 하라고 했냐? 신에게 바치는 기원문을 써야지."

하며 아키오의 머리를 툭 쳤다.

"이제 갑시다! 호텔에서 점심을 준비해놓고 있을 것입니다."

순이치의 우렁찬 목소리가 도리이 쪽에서 들려왔다.

"오늘 점심은 프렌치! 프랑스 요리입니다! 넘어지지 않도록 조심하면서 빨리 오십시오!"

아키오와 와타루는 또 눈싸움이다. 순이치가 어이없는 얼굴로 데리러 올 때까지 손이 빨개지도록 에마 앞에서 서로에게 눈을 뭉쳐 던지고 있었다.

3

요나키시마 항구에는 아침 아홉 시와 오후 네 시에 페리가 도착한다.

아키오에게는 아무도 모르게 이 시간을 기다리던 시기가 있었다.

아키오가 초등학교 5학년 때 어머니가 집을 나갔다. 메모 한 장 남기지 않고 어머니는 없어졌다.

고기잡이하러 나간 아버지가 어장에서 해난사고로 세상을 떠난 지 일 년 반이 지났을 때였다.

아버지가 세상을 떠난 그 해 겨울, 어머니는 아키오를 할머니에게 맡기고 집을 떠나 본토에서 준비가 진행되고 있는 박람회장의 공사현장으로 돈을 벌러 갔었다. 잡화점 수입만으로는 도저히 먹고 살 수 없는 형편이었던 것이다.

봄이 되어 돌아온 어머니로부터 뜻밖의 소식을 들었다.

"너한테 동생이 생기게 됐다."

아키오는 너무 기뻤고 아무 근거도 없이 남동생일 거라고 믿었다. 아키오에게 앞으로 태어날 아기에 대해 이야기할 때 어머니는 항상 수줍게 웃었다. 나중에 생각하면 아버지가 살아있던 시기와 임신 시기가 맞지 않는 게 분명했지만 어린 아키오로서는 그런 걸 알 턱이 없었다.

할머니는 어머니가 임신한 이후로 내내 입을 꾹 다물고 말이 없었다.

어머니는 아기를 사산해버린 후, 산후의 부기 때문에 몸이 좋지 않아 한동안 누워서 지냈다. 할머니는 말없이 며느리의 병수발을 했지만 두 사람 사이에는 아무도 모르는 무거운 공기가 가로막고 있었다.

"돈 벌러 나갔다가 술집에서 만난 여자를 무턱대고 섬으로 끌고 오다니, 무슨 짓이야."

아키오는 어릴 때 가끔 할머니가 아버지에게 투덜거리는 소리를 들었다. 그것이 어머니를 두고 하는 말이었음을 이해한 것은 어머니가 없어지고 나서였다. 할머니와 어머니 사이에는 절대로 녹지 않을 빙벽이 가로놓여 있었다.

아버지나 할머니와는 그럭저럭 지내는 것 같았지만, 친척들이 많이 모이는 제사 때에는 항상 묵묵히 일만 하면서 마치 자신의 존재를 지우려는 듯이 조용히 말석에 앉아 있는 사람이었다.

아버지가 집을 비웠을 때도, 그리고 아버지가 죽고 나서도, 아키오는 할머니와 어머니 앞에서는 가능한 밝고 씩씩하게 처신했다. 서툰 산신(三線 : 오키나와 민속악기 역자)을 불기도 하고 섬노래를 불러주거나 학교에서 있었던 일을 약간 각색해서 재미있게 들려주곤 했다. 아키오가 옆에 있으면 두 사람 모두 잘 웃었다.

사실 어머니가 집을 나갈 때 아키오에게는 예감 같은 것이 있었다.

전날 밤에 언제나처럼 안방에서 장부정리를 하고 있는 어머니를 향해, "엄마, 안녕히 주무세요."하고 말했다. 그러자 어머니가 손짓을 하며 불렀다.

"아키오, 이리 와 보렴."

어머니 앞에 가서 앉자, 어머니는 잠깐 무서운 얼굴이 되어 아키오를 보았다.

"너한테 해줄 말이 있어."

야단맞을 짓을 한 기억도 없었지만 평소와 다른 어머니의 모습에 자기도 모르게 움츠러들었다.

어머니는 앞치마 주머니에서 작은 펜던트를 꺼내더니 아키오의 눈앞에 내밀고 흔들었다.

마로 된 끈으로 서툴게 매단 작은 나뭇가지. 그것은 몇 달 전에 아키오가 대모험 끝에 가져온 해홍두 나뭇가지였다. 어떤 모험을 해서 얻었는지의 경위에 대해서는 어머니에게 말하지 않았지만 아키오에게는 훈장 같은 전리품이었다. 조막손을 움직여 그 소중한 가지에다 가까스로 끈을 꿰어 어머니에게 선물했었다.

펜던트를 발견한 어머니는 그것을 목에 걸고 행복한 얼굴로 웃었다. 남동생을 사산하고 난 후에 그런 어머니를 본 건 한참 만이었다.

그날 밤 어머니는 그 펜던트를 든 채 무서운 얼굴을 하고 있었다.

"오늘 뒷집 할머니가 원래 있던 곳에 갖다놓으라고 하셨단다. 섬의 물건은 어떤 것이라도 들고 나가서는 안 된다고 하셨어. 갖고 나가면 그 사람에게 재앙이 내린다는구나."

어머니는 말없이 아키오의 눈을 바라보며 말했다. 어머니의 눈에 물기가 촉촉했다.

"어디서 갖고 왔는지 가르쳐 줘. 네가 불행해지는 걸 엄마는 그냥 두고 볼 수가 없어."

아키오는 대답할 말이 없어서 입을 다물고 있었다.

그 가지가 원래 있던 장소를 가르쳐주고 싶지 않았다. 그것을 밝히면 그날의 대모험에 대한 전말까지 어머니가 알게 된다.

어머니는 말없이 고개를 숙인 아키오의 얼굴을 보고 있다가 작은 한숨을 토해내고 나서 갑자기 웃는 얼굴이 되었다.

"하지만 엄마는 이걸 받았을 때 기뻤어. 넌 어버이날에도 아무 선물도 주지 않던 녀석이잖아. 너한테 받은 첫 번째 선물이야. 이대로 계속 갖고 있어도 되겠지?"

순간 아키오의 가슴 속에 이상한 잔물결이 일었다.

아키오는 뭔가 말을 하려고 침을 삼키는데 어머니가 펜던트를 주머니에 넣으면서 먼저 입을 열었다.

"자, 이제 가서 자라!"

그리고는 아키오의 등을 톡톡 두드려주었다.

'가지를 갖고 온 건 나야. 그러니까 뒷집 할머니 말대로 나한테 재앙이 내릴지도 몰라. 하지만 그건 어쩌면 엄마에게 무슨 일이 일어난다는 의미인지도 몰라.'

이불 속에 들어가고 나서도 가슴 속에서 출렁이는 잔물결 때문에 쉽게 잠이 오지 않았다.

지금 생각하면 그 잔물결은 설렘이었다.

다음날 아침 언제나처럼 학교에 갈 때 아키오를 배웅해주던 어머니는, 학교가 파하고 여기저기 기웃거리다가 다섯 시 쯤 집에 돌아왔을 때는 이미 모습이 보이지 않았다.

그때 여기저기 기웃거리지 않고 다른 때처럼 세 시에 곧장 집에 왔으면 다섯 시에 출항하는 배를 타는 어머니를 말릴 수 있었을지도 모른다.

아니면 아침에 갑자기 배탈이라도 나서 지각을 했다면 열 시 배를 타지 못했을지도 모른다.

아키오는 어머니가 없어지고 나서 학교가 파하면 쏜살같이 집으로 오는 버릇이 생겼다. 어머니가 아홉 시 배를 타고 돌아오고 있을지도 모른다고 생각했기 때문이다. 집에 오면 온 집 안을 돌아다니며 찾다가 실망하곤 했다. 아니면 네 시 편으로 돌아올지도 모른다는 생각에 저녁에 놀러 나가지도 않고 집 앞에 나와 골목을 이리저리 오락가락하곤 했다. 항구까지 자전거로 나가본 적도 있었다.

아키오는 기다렸다.

매일 아홉 시와 네 시만 되면.

그러나 어머니는 돌아오지 않았다.

어머니가 없어지고 나서 할머니는 마치 어머니의 존재 따위는 애당초 없었던 것처럼 아무렇지도 않게 처신했다. "엄마 어디 갔어?"하고 몇 번을 물었지만 "돈 벌러 갔다. 곧 올 거야." 하는 똑같은 대답이 돌아올 뿐이었다.

어느 날 한밤중에 화장실에 가려고 일어나 보니 안방에서 불빛이 새어나오고 있었다. 살짝 들여다봤더니 할머니가 불단을 향해 앉아 열심히 기도를 하고 있었다.

"아키오가 건강하게 자라게 해주십시오. 그리고 나쁜 친구가 옆에 오지 않도록 밀어내 주십시오."

아키오는 장지문을 사이에 두고 작은 손으로 합장했다.

그런 할머니도 지금은 안방 제단 위에 위패로 모셔져 있다.

'사치(幸)'로부터 편지를 받은 날 밤. 회합에서 술자리가 벌어진 동안 아키오는 제정신이 아니었다.

그 편지를 보고나서는 줄곧 달리기 경주를 하기 직전처럼 가슴이 두근거렸다. 숨도 답답하고 술도 제대로 넘어가지 않았다. 자기가 가지고 온 컵에 술을 따라 단숨에 털어 넣다가 몇 번이나 사래가 들었다.

편지 생각을 떨쳐버리려고 먼저 나서서 서툰 노래를 불러제끼고 엉터리 춤을 춰보기도 했지만 머릿속에서는 '사치'라는 말이 빙빙 맴돌 뿐이었다.

망설이면서도 한 줄기 희망을 갖고

— 희망이 도대체 뭐야.

그 에마에 쓰여 있는 당신의 기원문이 진심이라면

― 진심일 리가 없잖아.

저를 당신의 아내로 받아주시겠어요?

― 만난 적도 없으면서 무슨 소리?

가까운 시일 내로 찾아뵈려고 마음먹고 있습니다.

― 마음을 먹다니….

시간이 갈수록 편지를 본 기억 자체가 뭔가의 착각이 아닐까 하는 생각이 들기 시작했다. 새벽까지 마셨는데도 도무지 취하지가 않는다. 드디어 친목회 모임이 끝나고 아키오는 쏜살같이 뛰어 집으로 돌아왔다.

껑충껑충 뛰며 반기는 카후에게는 눈길도 주지 않고 숨을 헐떡이며 안방으로 뛰어 들어가 앉은뱅이 밥상을 감싸듯 양손으로 짚었다.

사치(幸).

있었다.

조심스럽게 쓴 편지봉투는 집을 나갈 때와 똑같은 위치에 분명히 있었다.

착각은 아니었다.

아키오는 비틀거리며 주저앉았다. 그대로 '사치'라는 글자를

뚫어져라 바라보았다. 조금씩 부풀어 오르려는 기대를 아키오
는 필사적으로 눌러 지웠다.

— 그럴 까닭이 없잖아.

— 에마에 쓴 기원문만 보고 아내가 되겠다니.

— 괜한 장난일 거야.

— 진지하게 받아들이지 말자.

애써 눌러보려고 용을 쓰지만 마음은 밝게 부풀어 오르기만
한다. 쿵쾅거리는 가슴에 손을 대고 아키오는 크게 숨을 들이
쉬었다가 내쉬었다.

봉투를 들고 다다미 위에 벌렁 드러눕는다.

불단 위에 모신 할머니와 할아버지, 그리고 아버지의 사진이
거꾸로 아키오를 내려다보고 있다. 눈을 마주치고 있다가 아키
오는 천천히 눈을 감았다.

여름 매미가 요란하게 울기 시작했다. 그 숫자는 해가 높아
질수록 늘어가서 이윽고 대합창이 되어 울려 퍼진다.

벽시계가 일곱 시를 가리킴과 동시에 잠에서 깨어났다. 오른
손은 여전히 봉투를 꼭 쥐고 있다. 그것을 눈앞으로 가져와 소
인이 찍힌 부분을 물끄러미 바라본다.

아키오는 튕기듯 일어났다.

소인대로라면 '사치'는 그저께 나하에서 이것을 부친 것이다. 아키오의 가슴이 다시 아플 정도로 쿵쾅거린다.

아침밥도 먹지 않고 카후를 데리고 바닷가로 나갔다. 인기척이 없는 해변은 언제나처럼 하얀 모래가 찌르듯 눈이 부시다.

아키오는 카후와 놀아줄 마음도 내키지 않아 모래밭에 털썩 주저앉는다. 그리고 필사적으로 머리를 회전시켰다.

이 편지를 누군가의 장난이라고 치자.

그러나 어쨌거나 '사치'는 히호 신사에서 그 에마에 쓴 기원문을 봤다.

무슨 생각을 했는지 섬의 이름과 아키오의 이름을 베꼈을 것이다.

어떻게 된 영문인지 모르지만 그저께 나하에서 이 편지를 부쳤다.

그게 진실의 모든 것이었다.

생각해 보면 아키오의 인생에서 여자로부터 편지를 받는 일 자체가 처음이다. 여자의 마음 따위 알 리도 없다.

— 잠깐!

— 만약 남자라면.

아키오는 웃음이 터졌다.

"그래, 혹시 진짜 이름이 '고시로(幸四郎)'면 어쩌지?"

혼잣말을 해놓고 또 웃었다.

여름 나들이옷을 단정하게 차려입고 짙은 화장에다 여장을 한 남자가 양산을 들고 찾아오는 광경을 억지로 상상해보기도 했지만 공연히 마음만 어수선해졌다.

— 혹시 오늘 안으로 올지도 몰라.

산책에서 돌아온 아키오는 욕실로 가서 손을 씻으면서 거울을 들여다본다. 자다가 일어난 부스스한 머리. 얼른 손바닥에 물을 받아 머리를 적셔 매무새를 가다듬는다. 오른쪽 왼쪽을 번갈아 이리저리 거울을 본다. 수염이 지저분하다. 면도기를 꺼내 서둘러 깎는다. 선반 깊숙이 넣어둔 면도용 로션을 꺼내 찰싹 찰싹 볼을 두드려가며 바른다. 남자다운 멋은 제대로 안 나와도 청결한 느낌은 나는 것도 같다.

장롱 서랍을 열어본다. 티셔츠와 지저분한 작업복 바지 외에는 이렇다 할 옷이 없다.

옷장 문을 열었다. 검은 양복 한 벌과 지난번 나하에서 있었던 친지 결혼식에서 입었던 하얀 셔츠가 그대로 걸려 있다.

한참을 고민한 끝에 하얀 셔츠에 양복바지를 입었다.

9시 20분, 평소보다 10분 일찍 가게 문을 열었다.

"안녕하쇼!"

처음 온 손님은 아홉 시 정기편 페리 호로 도착한 트럭 운전수였다. 양복에 샌들을 신은 아키오를 보더니 고개를 갸우뚱했지만 늘 하듯 전표를 펼쳤다. 아키오는 운전수의 어깨 너머를 불안한 눈길로 자꾸 흘끗거린다.

뒷집 할머니가 물건을 사러 왔다. 가게 입구에서 마주친 트럭 운전수가 "아키오 씨, 오늘 무슨 일 있어요?"하고 작은 목소리로 할머니에게 묻는다.

"무슨 일이라니?"

할머니가 이상하다는 듯 되묻는다.

"아, 아뇨, 양복에 셔츠를 쭉 빼입고 결혼식이라도 가는 차림이라서요."

운전수의 목소리는 자못 유쾌하다.

"전표를 볼 때도 자꾸만 내 뒤로 딴 데만 쳐다보던데요."

운전수는 전표를 허리 주머니에 넣더니

"누굴 기다리나?"

하고는 빠른 걸음으로 배달차로 돌아갔다.

아키오는 할머니와 눈이 마주치자 얼른 뒷채 쪽으로 쏙 들어갔다. 할머니는 말없이 발길을 돌리더니 아무것도 사지 않고 가게를 나갔다.

양복에 샌들 차림의 아키오는 온종일 가게 앞과 뒷마당을 오락가락 서성거리며 보냈다. 늘 낮잠을 즐기던 점심휴식 시간도 오늘은 없었고, 낮에는 가게 앞에서 어제 저녁에 먹다 남은 참플(두부나 야채 등 여러 가지 재료를 섞어서 볶는 오키나와의 대표음식 역자)을 우적우적 먹으면서 바깥 거리를 흘낏거리곤 했다.

네 시 반, 가게에 나와 있던 아키오는 왠지 자신이 자꾸 긴장을 하는 것 같았다.

점포 정면 유리문에 자기 모습을 비춰보며 앞으로 섰다가 돌아서서 봤다가 머리를 쓰다듬기도 하며 안절부절못했다.

항구에 배가 도착하는 시간이 네 시. 매표소에서 아키오의 이름을 대고 주소를 묻는다. 택시를 탄다. 항구에서부터 아무리 시간이 걸린다 해도 택시를 타고 15분이면 도착한다.

갑자기 뒷마당에서 카후가 힘차게 짖어댔다.

아키오의 심장은 튀어나올 것 같았다. 샌들을 벗어던지고 한 걸음에 안방으로 뛰어들어갔다. 마당 끝에는 넥타이를 매지 않은 차림의 순이치가 서 있다.

"이런! 여전히 짖는군. 혹시 내 양복이 촌스러워서 짖나 싶어서 작전을 바꿔본 건데."

기대가 빗나간 아키오는 머쓱해졌다. 아무렇지도 않은 얼굴로 순이치가 아와모리 병을 내민다.

"자, 이거. 나하에서 산 민속주야. 오늘 밤에 와타루랑 같이 마실까?"

언제나처럼 웃는 얼굴에 하얀 이가 눈부시다.

"어라? 아키오! 뭐야, 그 차림은. 장례식이라도 있었나? 누가 돌아가셨어? 뒷집 할머니?"

괜히 양복을 벗을 마음도 내키지 않은 채로 밤이 되었다. 저녁밥을 먹으러 갈 때도 그 옷을 입고 가보았지만 할머니는 평소처럼 아무 말도 하지 않고 밥을 차려주었다. 아키오는 할머니에게 무슨 말이라도 하고 싶어 조바심이 났다.

만약 그 편지가 '기별'의 전조라면 좀 더 구체적으로 가르쳐주지 않을까. '누가 온다'든가 '언제 온다'고.

하지만 할머니는 그날따라 한마디도 하지 않았다.

집으로 돌아온 후에 순이치가 와타루를 데리고 다시 찾아왔다. 두 사람은 아키오의 차림새를 보고 이상하게 여겼지만, "빨래가 밀려서 입을 옷이 없다."는 궁색한 변명을 둘러대자 그대로 믿어주었다.

이런저런 이야기를 하면서 술을 홀짝이는 건 언제든 모이면 하는 일이다. 순이치와 와타루는 술자리 초반부터 개발에 대한 이야기로 열을 올린다. 아키오는 듣는 둥 마는 둥 건성이다.

오늘 아키오는 다른 때보다 더 순이치의 이야기에 흥미가 솟지 않는다. 순이치는 아키오의 태도를 답답해하면서도 끈질기게 설득하려 들었다.

"이봐, 아키오. 내 말 잘 들어 봐. 섬을 위해서만 추진하는 일이 아니라니까. 너를 위해서 그리고 할머니를 위해서야."

순이치는 아키오의 술잔에 자꾸 첨잔을 해준다. 옆에서 와타루가 "어이, 나도 좀 따라 주지."하고 잔을 내밀었다.

순이치는 그 잔에는 아까운 듯 술병을 기울이고 난 뒤, 다시 아키오를 향해 돌아앉으며 끈질기게 설득했다.

"이거 봐, 뒷집 할머니는 네가 이 집을 팔지 않으면 자기도 팔지 않겠다고 고집을 부리고 꼼짝도 하지 않아. 알아? 그 집은 백 년 이상 된 집이야. 태풍이 올 때마다 할머니는 위험을 느끼실 거야. 집이 낡아 여기저기 흔들거리잖아."

"아무리 큰 태풍이 왔어도 끄떡없었어."

아키오는 흐릿한 눈으로 순이치를 노려본다.

"도대체 무엇 때문에 우리 집을 사려고 기를 쓰는 거야? 서쪽 해변에다 리조트를 만들면 되잖아."

"그러니까 몇 번이나 말했잖아. 남쪽이 아니면 소용이 없다고."

순이치는 앉은뱅이 상 위로 몸을 내밀었다.

“여기가 이번 프로젝트에 딱이야. 항구에서 가깝고 전혀 사람 손이 가지 않은 천연 해변이니까. 섬에서 제일 좋은 부지를 내세워 홍보를 할 수 있다고.”

순이치는 거기서 잠시 뜸을 들였다가 목소리를 조금 낮추어 말했다.

“게다가 솔직히 토지소유권자의 숫자도 적어. 너를 포함해서 서른다섯 세대만 동의하면 당장 착공할 수 있다니까.”

그중 열다섯 세대가 아직 동의하지 않아, 순이치와 하이리조트 관계자가 하루가 멀다 하고 열심히 설득에 나서는 중이다. 이 땅을 파는 대신 서쪽 해변에 있는 땅에다 집과 가게를 지어 제공하겠다는 제안이 아키오에게 들어와 있었다. 순이치는 몇 주 전에 새 점포의 완성도까지 그려가지고 왔다. 밝고 경쾌한 디자인으로 입구에는 ‘Foods & Goods TOMOYOSE’라는 간판이 걸려 있다. 아키오는 “맙소사, 어울리지도 않게.”하고 머리를 긁적이며 그림을 순이치에게 도로 주었다.

“너, 그대로 살다가 어쩌려고 그래? 인생에 변화도 좀 필요하잖아.”

순이치는 앉은뱅이 상 위에 민속주 병을 쿵, 소리가 나게 놓고 나서 장난스럽게 말했다.

"섬 밖에도 나가지 않고 장가도 가지 않고 평생 여기서 혼자 살 생각이야?"

아키오는 말없이 술잔만 기울이다가 문득 얼굴을 들어 순이치를 빤히 쳐다본다. 시야는 흐릿했지만 순이치 뒤에 있는 제단 위에 올려놓은 '사치'의 봉투를 발견하고는 웃음이 치밀어 올랐다. 아키오는 순이치를 향해 단호하게 말했다.

"이참에 장가나 가지 뭐. 그럼 될 거 아냐."

순이치는 놀란 얼굴이 되었다.

"장가간다고…. 너, 점찍어둔 여자는 있는 거냐?"

와타루가 아키오의 코앞에다 손사래를 치며 허풍스럽게 말한다.

"설마. 농담이겠지!"

아키오는 혀꼬부라진 발음으로 재미있다는 듯 상 위로 엎드리며 웃는다.

"나… 장가갈 거야."

그리고는 기지개를 한 번 켜더니 상 위로 풀썩 엎어졌다.

"꿈이라도 꾸는 건가?"

와타루의 어이없다는 목소리. 이어서 순이치의 씁쓸한 목소리가 들린다.

"아키오를 위해 더없이 좋은 제안이라고 생각하는데 말이야.

실제로 관광객도 늘고 이 지역 가게에서 물건을 사고 싶은 손님도 많을 거라고.”

“섬의 특산물로 우리 집 아가리쿠스도 유명해지려나?”

“당연하지. 건강식품 붐이 한창이니 틀림없는 장사야. 우리 쪽에서도 열심히 선전할게. 호텔 로비에도 판매 코너를 크게 마련해주지.”

와타루의 목소리에 갑자기 힘이 들어갔다.

“나 역시 이대로 가다간 가족들의 이해도 얻지 못하게 될 거야. 잘 부탁해.”

순이치의 웃음소리가 높아졌다.

“나만 믿으라니까. 잘 되면 자회사로 편입시켜 전국적으로 통신판매도 가능하겠지. 크게 벌 거야.”

“난 이상하게 너랑 이야기를 하다 보면 뭐든 다 잘 될 것 같아. 그런데 이 녀석은 왜 이렇게 고집을 부리냔 말이야.”

와타루는 아키오의 어깨를 흔들면서 귓가에 대고 “이봐, 들리냐?”하고 외쳤다.

“장가… 간다니까. 으으음.”

아키오는 조막손을 번쩍 쳐들면서 힘없이 중얼거렸다.

순이치가 휴우, 하고 크게 한숨을 내쉰다.

“젠장! 아키오의 조상들도 걱정이 클 거야. 이 친구 앞날이

어찌 될지.”

한동안의 침묵.

벽시계의 째깍, 째깍 소리가 순식간에 아키오를 아득한 잠의 늪으로 이끌어간다.

“어라, 저기 제단 위에 무슨 봉투가 보물처럼 모셔져 있네.”

순이치의 의아한 목소리. 이어서 와타루.

“정말. …이거 ‘사치’라고 읽나? 누구야. 혹시 여자?”

아키오는 깊고 깊은 잠의 늪으로 떨어져간다.

“어이, 잠깐… 그만둬. 남의 편지를 보다니. 너무 심한 거 아냐?”

와타루의 당황한 목소리와 순이치가 부스럭부스럭 종이를 펼치는 소리가 더 이상 아키오의 귀에는 들리지도 않는다.

5

초등학교 운동장 한 귀퉁이에 해홍두 거목이 서 있었다.

수령은 몇 백 년이라고 하는데, 어른 셋이 손을 잡고 에워싸도 모자랄 정도의 듬직한 굵은 나무다. 반들반들한 나무밑동 위로는 구불구불 휘어진 낭창한 가지가 커다란 지붕을 만들고 있다. 무성한 잎은 거칠 것이 없이 운동장을 지나가는 바람을 맞아 사락사락 소리를 냈다. 더운 여름날 해홍두 그늘은 아이들의 좋은 놀이터가 되기도 했다.

해홍두 나무 그늘 아래 매끈한 둥치 옆에 기대어, 초등학생 아키오는 멍하니 교정을 바라보고 있다.

오늘 체육 시간은 철봉으로 하는 턱걸이다. 아키오는 턱걸이에 도전하는 친구들 무리에서 혼자 떨어져 나무 아래 우두커니 앉아 있다.

체육 시간에 하는 종목 가운데 아키오가 참가하지 못하는 것이 몇 개 있다. 그럴 때는 혼자 나무 그늘에 앉아서 시간을 보낸다. 전에는 자기도 해보고 싶어서 초조해한 적도 있었지만 5학년이 되면서 흥미도 없어졌다. 지금 관심 있는 것은 여자아이들이 입은 블루머(통이 넓은 반바지를 무릎 위로 고무줄을 넣어 조이게 만든 체육복 바지 역자)의 불룩한 모습이었다. 반에서 가장 발육이 좋은 기보 마사미의 가슴이 달릴 때마다 크게 출렁이는 모습을 뚫어져라 보게 되면서도 더 궁금한 것은 야마우치 시게코의 모습이었다.

시게코는 가슴이 눈에 띄게 불룩하지는 않았지만 손발이 늘씬한데다가 긴 속눈썹, 작은 얼굴이 너무나 예뻤다. 그 얼굴이 생긋 웃으며 어깨를 움츠리는 몸짓을 보면 아키오의 가슴에는 바람이 지나가곤 했다. 복도에 나란히 걸린 체육복 주머니를 보다가 시게코의 이름이 눈에 들어오면 그 옆을 지나는 것만으로도 체온이 올라가는 것을 느꼈다.

턱걸이를 하는 시게코의 옆구리가 셔츠와 블루머 틈으로 살짝 보인다.

의외로 하얗다.

아키오는 침을 꼴깍 삼켰다.

'쟤, 브래지어 했구나…'

철봉 주위를 에워싼 남자애들이 그걸 눈치 채고 시게코를 주시하는 것처럼 보였다.

'저기서 애들이랑 같이 있었으면 좀 더 가까이에서 볼 수 있었을 텐데….'

다음은 남자애들 차례. 순이치의 이름을 부르는 소리가 멀리서 들린다.

순이치는 일어나자마자 철봉에 달려들었다. 턱걸이 정도가 아니라 몸을 빙글빙글 돌기까지 해보였다. 와, 하는 환성이 터진다. 시게코의 얼굴이 햇살이 비친 듯 환하게 밝아지는 것을 아키오의 눈은 놓치지 않았다.

털썩, 하고 착지하자 저절로 박수가 터져 나온다. 아키오는 무릎을 껴안은 채 움직이지 않았다.

"너, 봤냐? 시게코 말이야. 브라자 한 것 같아."

늘 함께하는 하교 길에서 와타루가 싱글거리면서 순이치를 쿡쿡 찔렀다.

조금 떨어져서 가던 아키오는 속으로 뜨끔했다.

"바보! 못 봤어."

순이치는 화난 목소리다.

"거짓말. 봤으면서."

"못 봤어."

“봤어.”

“안 봤다니까.”

“나도 봤어.”

아키오는 자기도 모르게 끼어들었다. 두 아이는 깜짝 놀란 듯 아키오를 돌아다보았다.

“응, 그런데 마사미가 더 큰 브라자를 하고 있대.”

아키오는 자신의 가슴에 대고 불룩 불룩 양손으로 호를 그려 보였다. 와타루와 순이치는 동시에 웃음을 터뜨렸다. 한참 신이 나서 떠들고 있는 그 순간, 집으로 가고 있던 마사미와 시게코와 맞닥뜨렸다. 평소에도 큰 가슴 때문에 놀림을 당하는 마사미는 아키오의 손놀림을 보자마자 험상궂은 얼굴이 되었다.

마사미는 더러운 물건이라도 보는 눈으로 아키오를 노려보았다.

“흥, 머저리 같은 게!”

하고 내뱉고는 뛰어갔다. 시게코도 무안한 얼굴로 마사미를 쫓아 사라졌다.

“뭐 어때, 왕젖통!”

와타루가 외쳤다. 아키오는 그 자리에서 굳은 얼굴로 있다가 이윽고 게걸음으로 걸으면서 다시 불룩 불룩 가슴을 그리는 시늉을 했다. 친구들은 그 자리에 주저앉아 구를 듯이 웃었다.

다음날 아키오가 등교하여 신발장을 여니 실내화가 없었다.

신발장 위, 아래를 찾아보았지만 어디에도 없다. 두리번거리고 있는데 마사미와 시게코가 다가왔다. 마사미는 다시 더러운 것이라도 본 듯 아키오를 노려보고는 신발장에서 실내화를 꺼내들고 복도 끝으로 사라졌다. 신발장을 힐끗 본 시게코는 괜히 안타까운 얼굴로 아키오를 바라보았다. 아키오는 시게코와 눈을 마주치지 않으려고 고개를 돌렸다.

"왜 그래?"

시게코가 조심스럽게 말을 걸었다.

"아무것도 아니야."

아키오는 애써 아무렇지도 않은 척했다. 그리고 샌들을 벗고 맨발로 복도를 걸어갔다. 교실로 가면서 시게코가 쫓아오는 게 아닌가 싶어 가슴이 쿵쾅거렸다.

그러나 아키오를 쫓아온 것은 순이치였다.

"아키오, 왜 그래! 실내화는?"

아키오는 말없이 교실로 들어갔다. 맨발의 아키오를 보고 남자애들이 키득거리고 웃는다.

"누가 감췄구나?"

순이치가 물어도 대꾸하지 않고 아키오는 그냥 맨발로 수업을 받았다.

4교시. 멍하니 창밖을 바라보는 아키오 머리 위로 툭, 하고 뭔가가 날아왔다. 작게 접은 쪽지. 살짝 펼쳐보니 소녀다운 글씨가 나타났다.

주위를 둘러보니 시게코가 아키오를 빤히 보고 있다. 그 눈은 수줍어하면서도 미소를 짓고 있었다. 아키오는 자신의 귀가 빨개지는 것을 느꼈다.

도시락을 먹고 나서 샌들을 신고 쏜살같이 운동장으로 뛰어나갔다.

해홍두 나무 밑에서 올려다보니 가지와 가지 사이에 실내화를 끼워놓은 것이 보인다. 아키오는 있는 힘을 다해 나무에 달려들었지만 금방 미끄러지고 말았다. 몇 번을 되풀이했지만 이럴 때 아키오의 오른손은 그야말로 요령부득이었다. 아키오는 화가 나서 나무 밑동을 발로 찼다. 발가락 끝이 정통으로 부딪히는 바람에 너무 아파 뒤로 넘어졌다. 멀리서 남자애들이 웃어대는 소리가 들렸다.

아키오는 쪼그리고 앉아 나무 위를 노려볼 뿐이었다.

"이걸로 해 봐."

어찌 할 바를 모르고 있는 아키오에게 순이치가 갖다준 것은 사다리였다.

"올라가서 꺼내 와. 네가 혼자서 할 수 있다는 걸 보여줘."

순이치의 목소리에는 분노가 섞여 있었다. 돌아보니 반 남자애들이 싱글거리면서 노려보고 있다. 걱정스러운 시게코의 얼굴도 보인다. 늦게 사태를 알아차린 와타루는 숨을 헐떡이면서 달려왔다. 아키오는 일어섰다.

사다리를 나무에 기대놓고 올라가다가 세 번째 단에서 발이 미끄러졌다. 사다리와 함께 넘어질 뻔한 순간에 순이치와 와타루가 밑에서 받쳐주어 간신히 중심을 잡았다. 순이치가 사다리를 꼭 잡아 누르면서 말했다.

"미끄러우니까 샌들을 벗어. 그리고 얼른 올라가서 가져와."

아키오는 시키는 대로 샌들을 벗어던지고 맨발로 한 단씩 조심스럽게 올라갔다.

눈앞에는 나뭇가지가 몇 겹으로 겹쳐 무성한 잎이 반짝이는 수면처럼 일렁이고 있었다. 늘 밑에서만 보던 것과는 달리 전혀 새로운 풍경을 보는 것 같았다. 살짝 아래를 보니 순이치와 와타루의 진지한 얼굴이 보였다. 고작 나무에 올라갔을 뿐인데 까마득히 먼 곳에 친구가 서 있는 느낌이 들어 아키오는 자기도 모르게 눈을 꾹 감았다.

“어때? 갈 수 있겠어?”

바로 밑에서 와타루의 목소리가 들린다.

“떨어져라, 떨어져라!”

“네가 무슨 재주로 나무에 올라갈 수 있겠냐?”

모여든 남자애들이 떠들어대고 있었다.

사다리에서 몸을 비틀어 굵은 가지로 옮겨타고는 온몸의 체중을 가지에 얹었다. 상반신을 들고 오른손으로 가지를 누르면서 굵은 가지를 따라 힘껏 왼손을 뻗는다. 온몸이 바들바들 떨렸다.

실내화 두 짝이 바로 눈앞의 가지 사이에 나란히 끼어 있다. 손가락이 겨우 닿을 정도다.

조금만 더.

보탬이 되지 않는 오른손이 옆에 있는 잔가지를 움켜쥐고 있었다. 똑, 하고 그 가지가 부러졌다. 온몸에 식은땀이 났다. 떨리는 왼손으로 겨우 실내화 한 짝을 잡았다. 그 바람에 다른 한 짝이 털썩, 하고 땅에 떨어졌다.

조금씩 몸을 뒤로 움직여 사다리까지 왔다. 왼손에 든 실내화 한 짝을 땅바닥에 던지고 부러진 잔가지 하나는 그대로 오른손으로 움켜쥐고 사다리에 발을 딛고 신중하게 내려왔다.

“됐어!”

순이치와 와타루는 상기된 얼굴로 아키오를 에워쌌다. 자기들이 무슨 공이라도 세운 것처럼 좋아한다. 다른 아이들은 시시해졌다는 듯 제각기 흩어져갔다. 시게코는 그 자리에서 꼼짝도 하지 않고 바라보고 있었다.

아키오는 엄청난 모험에서 귀환한 듯한 자랑스러운 기분으로 가슴이 뿌듯했다. 자신의 힘으로 실내화를 찾아왔다는 것, 순이치와 와타루가 같이 기뻐해 준 것, 그리고 시게코가 말없이 응원해준 것. 모든 것이 기뻐서 어찌할 바를 몰랐다.

더구나 까마득히 높은 곳에 있던 가지 하나를 손에 넣은 것이다. 그 가지는 대모험의 훈장이었다.

아키오는 꺾어온 가지를 집으로 가져와 자기 방에서 자세히 바라보았다. 잎이 몇 개 달려 있고 끝이 Y자로 갈라져 있다. 자신의 오른손 엄지손가락과 비교해보니 비슷한 굵기와 길이였다. 일단 서랍에 넣었다가 금방 다시 꺼내들고 바라보다가 가지 끝에 끈을 동여매서 펜던트로 만들어 보았다.

'엄마에게'라고 쓴 종이에 싸서 어머니 앞치마 주머니에 몰래 넣어놓았다.

다음날 아침 나뭇가지 펜던트는 어머니 가슴에서 흔들리고 있었다. 어머니는 콧노래를 부르면서 아침준비를 하고 있었다.

아키오는 쑥스러운 마음에 어머니의 웃는 얼굴을 바로 보지 못하고 헐레벌떡 뛰어 학교로 갔다.

어느 날 방과 후에 신발장을 여니 분홍색 봉투가 툭, 떨어졌다.

아키오는 흠칫 놀랐다. '아키오에게'라고 쓴 글씨는 틀림없이 시게코의 것이었기 때문이다.

아키오는 봉투를 얼른 가방 안에 쑤셔넣었다. 순간적인 일이라 같이 있던 와타루와 순이치는 눈치 채지 못한 것 같았다. 들뜬 마음에 친구들이 하는 이야기도 건성으로 들었다. 옆에서 들릴까 봐 걱정이 될 정도로 가슴이 쿵쿵 뛰었다.

— 실내화를 감춘 장소를 가르쳐 주었다.
— 그 모험의 순간을 끝까지 지켜봐 주었다.

'혹시 나를…'
아키오는 친구들과 헤어져 쏜살같이 집으로 뛰어왔다.
자기 방에 들어와 가방에서 봉투를 꺼냈다. 시게코의 글씨는 시게코를 닮아 아담하고 예뻤다. 아키오는 떨리는 왼손으로 봉투를 열었다.

아키오에게

부탁이 있어.

순이치에게 내 마음을 전해주었으면 해.

나, 순이치를 좋아해.

순이치는 인기가 많아 마사미뿐 아니라 다른 여자애들도 좋아하는

것 같아.

하지만 내가 그 아이를 제일 좋아한다고 자신 있게 말할 수 있어.

아키오는 순이치랑 친하니까 내 마음을 전해줄 것 같아서.

제발 부탁해.

— 시게코가.

아키오는 몇 번이나 되풀이해서 읽어보았다. 읽으면서 자꾸 마음이 울적해지는 것을 막을 수가 없었다.

순이치를 좋아해.

'순이치'를 '아키오'로 바꾸어 읽어본다. 하지만 시게코가 순이치를 좋아한다는 사실은 달라질 수가 없다.

다음날, 기대와 불안이 뒤섞인 시게코의 시선이 아키오를 쳐다본다. 다음날도 그리고 그 다음날에도 그 시선은 집요하게 아키오를 따라다녔다.

고민 끝에 순이치를 불러 전해주었다.

"시게코가 우리랑 같이 집에 가고 싶다는데. 괜찮지?"

얼마 후에 아키오의 패거리에 시게코가 가담하고 이윽고 순이치는 시게코랑 단둘이 하굣길을 나서기 시작했다.

어둠이 내리기 시작한 남쪽 해변 방풍림 아래에서 두 사람이 나란히 앉아 재미있게 이야기하는 모습이 눈에 띌 때도 있었다.

두 사람은 아키오가 절대로 다가갈 수 없는 세계로 가버린 것이다. 아키오는 견딜 수 없이 쓸쓸했다.

저녁바람이 부는 남쪽 해변 방풍림 가로수 아래 아키오는 혼자서 우두커니 앉아 있다.

아까부터 몇 개비의 담배에 불을 붙였지만 피우지는 않고 손가락에 끼운 채로 재가 되고 있었다. 카후는 조금 떨어진 모래밭에 엎드려 지루한 듯 앞발에다 고개를 얹고 갈색 눈만 껌뻑이고 있다.

여자에게 편지를 받는 것 자체가 기적이었지.

'사치'가 보낸 편지 내용을 수도 없이 반추하면서 아키오는 문득 생각이 났다.

난생 처음 여자한테 받은 편지. 시게코가 보낸 편지였다.

'그래, 받았었지. …나한테 온 게 아니고 사실은 순이치에게
보내는 연애편지.'

참을 수 없이 웃음이 터져 킥, 킥, 웃었다.

아키오는 무릎을 감싸 안은 채 바다 너머 먼 곳을 바라보았
다. 노을빛 구름 사이로 희미한 햇살이 비쳐든다.

덧없는 한줄기 빛이 스포트라이트처럼 내려와 수평선 한가
운데를 아주 조금 비치는 것이 보인다. 이윽고 그 빛은 구름
사이로 빨려들듯 사라졌다.

망설이면서도 한 줄기 희망을 갖고….

희망 따위는 눈에 보이지도 않는 것.

아키오는 크게 한숨을 내쉬고 일어나 반바지에 묻은 모래를
털었다. 발밑에 쌓인 꽁초에 발로 난폭하게 모래를 끼얹는다.
카후도 따라 일어나 조용히 발길을 옮기는 아키오의 뒤를 짤
랑, 짤랑 목줄 소리를 내며 따라온다.

"기별, 있었느냐?"

그날 저녁 때 젓가락을 놀리면서 뒷집 할머니가 불쑥 물었다.

아키오는 남은 밥에 차를 부어 먹고 나서 "아뇨….."하고 대답했다.

"할머니, 요즘 감이 좀 둔해진 거 아녜요?"

할머니는 말없이 아키오를 흘겨보더니 잠자코 젓가락을 입으로 가져간다. 나이 탓인지 최근 할머니는 변덕이 심해 대하기가 어렵다. 아키오의 농담에도 잘 웃어주지 않는다.

"잊을만 하면 오겠지."

찻잔을 정리하면서 혼잣말처럼 중얼거린다. 아키오는 쓴웃음을 짓는다. 정말 할머니는 못 말리는 왕고집쟁이다.

할머니의 첫 '기별' 선고로부터 3주 하고도 사흘이 지났다.

분명 그 날 이상한 편지가 오긴 했었다. 아키오는 그것을 '기별'로 받아들이고 자못 진지하게 '사치'가 오기를 기다렸다.

첫 사흘은 나들이옷을 차려입고 기다렸다.

다음 일주일 동안은 늘 입는 티셔츠와 반바지 차림으로 돌아갔지만, 페리가 도착할 시간이 될 때마다 몸이 긴장되었다.

다음 일주일은 우편함을 괜히 자꾸 열어보곤 했다.

그리고 다음 일주일…..

'아, 할머니도 이제 어쩔 수 없는 나이야. 예감이 맞지 않을 때도 있네.'

저녁식사를 마치고 집으로 돌아온 아키오는 제단에 모셔놓은 봉투를 들고 한동안 바라본 다음 북북 찢었다. 일단 쓰레기통에 버렸다가 마음이 바뀌어 도로 꺼내 재떨이 안에 넣었다. 8분의 1이 된 봉투 한 귀퉁이에 '사치'라는 글씨가 보인다. 아키오는 그 작은 조각을 집어들고 형광등에 비춰보다가 다시 재떨이 안에 넣고 조각난 종이 모서리에 라이터로 불을 붙였다.

붉게 번져가는 불꽃 속에서 '사치'라는 글자는 순식간에 사라졌다.

생각하면 지난 몇 주 동안 만난 적도 없는 '사치'를 끈질기게 기다렸다.

처음에는 할머니의 예언을 믿고 '사치'가 올지도 모른다는 따뜻한 예감에 차 있었다.

그런데 어느새 할머니의 예언과는 상관없이 기다리는 마음이 되어갔다.

'사치'는 반드시 나한테 올 거야.

아키오는 그렇게 믿기 시작했다.

기다리는 것.

그것은 아픔을 동반한 감미로운 행위였다.

이런 생각으로 마음을 졸인 게 얼마만인가.

어머니가 집을 나간 후 얼마 동안 애타게 기다렸다. 하지만 그때는 희망보다도 절망이 더 짙게 다가왔다. 단념해야 한다는 사실을 받아들이기 위해 오로지 기다렸던 것 같다. 그때는 감미로운 느낌은 추호도 없었다.

'사치'를 기다리는 일이 일과가 되어갈 무렵, 아키오는 문득 두려워졌다.

결국은 오지도 않을 누군가를 앞으로도 줄곧 기다려야만 할지도 모른다는 생각. 그것이 참을 수 없는 고통일 것 같다는 생각이 들기 시작한 것이다.

언젠가 반드시 올 것을 알면 그 기다림은 감미로울 것이다.

하지만 절대 오지 않을 사람이라면….

소용없는 일 아닌가.

아키오는 '부질없는 기다림'에 종지부를 찍기 위해 '사치'의 편지를 태웠다.

그것은 만난 적도 없는 '사치'라는 사람과의 이별이었다.

6

아키오의 집 앞에서 해변으로 이어지는 길 그 첫 모퉁이에 벵골보리수가 서 있다.

집과 남쪽 해변 사이의 딱 중간지점이다.

부드러운 남풍에 가지가 흔들리고 있었다. 그 나무 아래 그녀가 서 있었다.

멀리서도 거기에 누군가가 있다는 걸 알았다. 저녁 산책에서 돌아오는 길, 도로도 집도 울타리도 모든 윤곽이 저녁 어둠에 가라앉는다. 그 안에서 희미하게 부각되어 오는 기척이 있었다.

마치 빛에 감싸여 있는, 신기한 물체와의 조우와도 같았다.

아키오는 멈춰 서서 눈을 모으고 그 발광체를 바라보았다. 아키오의 조금 앞에서 걷고 있던 카후도 목을 쭉 빼고 앞쪽을 바라본다. 그것이 사람임을 알기까지는 한참이 걸렸을 정도다.

아키오는 경계하면서 천천히 다가갔다.

긴 머리의 여자다. 환하게 부각되어 보였던 것은 하얀 모자와 원피스 때문이었다. 관광객인가.

눈이 마주칠 정도로 가까워지자 아키오는 시선을 피하고 지나치려고 했다. 그런데 갑자기 여자가 말을 걸어왔다.

"저, 뭐 좀 여쭤보고 싶은데요…."

기어들어가는 목소리에 아키오는 가던 걸음을 멈추고 돌아보았다. 여자와 눈이 마주쳤다. 저녁 어둠 속에서 물방울 같은 눈동자가 빛나고 있었다.

그녀는 살랑살랑 흔들리는 가지를 올려다보며 이번에는 또렷한 목소리로 물었다.

"이거, 벵골보리수 맞나요?"

너무나 엉뚱한 질문에 아키오는 얼른 대답이 나오지 않았다. 여자를 따라 아키오도 하늘을 향해 펼쳐진 짙은 보랏빛 가지를 힐끗 올려다보고 나서 대답했다.

"아, 예. 맞아요. 잘 아시네요."

시시각각 깊어지는 어둠에 싸여 그녀의 얼굴에 미소가 퍼지는 것을 희미하게 알아볼 수 있었다. 가볍게 인사를 하고 지나가려고 하자 그녀의 목소리가 다시 쫓아왔다.

"저, 한 가지만 더…."

아키오는 멈춰 서서 다시 한 번 돌아다보았다. 하얀 발광체에서 조심스러운 목소리가 들려온다.

"도모요세 아키오 씨 댁이 어디지요?"

이번에도 얼른 대답이 나올 수가 없었다.

'…설마.'

목소리가 떨리는 것을 애써 누르는 게 고작이었다.

"저… 전데요."

아, 하고 그녀의 입가에 무안한 미소가 번지는 것이 희미하게 보인다.

그녀는 다시 고개를 작게 숙이고는 속삭이듯 말했다.

"처음 뵙겠습니다. 사치라고 합니다."

어제 저녁에 편지를 태워버렸다.

타들어가는 '사치'라는 글자를 바라보면서 무턱대고 기다리는 짓은 더 이상 하지 말아야지, 하고 결심했었다. 그게 바로 어제 일이다.

그런데.

그 '사치'가 지금 바로 눈앞에 앉아 있다.

사치를 안방으로 안내하고 나서 저녁식사는 필요 없다고 할머니한테 전하려 달려갔다. 할머니가 뭔가 말하기도 전에 아키오는 잽싸게 몸을 돌려 집으로 향했다.

보리차를 내밀면서도 이것이 현실이라는 게 도저히 믿어지지 않았다. 얼굴을 제대로 쳐다보지도 못하고 아키오는 시종일관 고개를 푹 숙이고 있었다.

얌전하게 앉은 하얀 무릎이 눈에 들어왔다. 반들반들하게 주름도 얼룩도 없는 무릎. 아키오는 차츰 가슴이 고동치는 것을 느꼈다.

"이렇게 불쑥 찾아와서 죄송해요."

아까와 마찬가지로 중얼거리듯 그렇게 말하고 나서 사치는 깊숙이 고개를 숙였다. 아키오는 얼른 자기도 고개를 숙였다.

"아니, 그게… 그냥 난… 농담인 줄 알고…."

사치가 고개를 들었다.

"그럼 제 편지를 읽으신 거군요."

그 목소리에는 아까보다 힘이 조금 들어가 있었다.

"이쪽으로는 언제 오신 겁니까?"

아키오는 화제를 피했다. 재떨이 안에 편지를 태운 흔적이 남아 있다는 것을 떠올리고 문득 거북한 생각이 들었던 것이다.

"오늘 아침에요. 항구에서 계속 걸어서 여기저기 보고 다녔어요. 저는 오키나와도 그렇고 이 섬도 처음이라서 모든 게 신기해서."

사치는 아키오의 눈앞에 커다란 언덕 같은 모양을 양손으로
그려보였다.

"이렇게 생긴 버섯 모양의 난쟁이가 사는 집 같은 것이 여기
저기 있는 곳에 갔다가, 거기서 항구에서 산 과자를 먹고 낮잠
을 좀 잤어요. 나무 그늘이 시원해서. 그 작은 집은 이 섬에 많
이 있나요?"

아키오는 자기도 모르게 얼굴에 웃음이 피어났다.

"그건 무덤입니다."

사치는 놀란 얼굴이 되었지만 이윽고 멋쩍은 듯 웃었다.

"아, 그래요? 마당까지 딸려 있었어요."

"오키나와의 무덤은 다 그래요. 아주 오래 전부터 대대로
조상이 다 들어가니 크지요. 이 부근의 무덤은 귀갑묘라고 하
는데…."

아키오는 여자의 자궁을 본떠서 만들었다고 하려다가 얼른
말을 삼켰다.

"마당 같은 곳에는 연중행사 때마다 일족이 모여서 잔치를
하곤 하지요."

"어머, 재미있겠네요."

아키오는 갑자기 힘을 얻은 사람처럼 섬의 무덤에 관한 이야
기를 시작했다. 연중행사며 의례, 청명제 등 무덤에 얽힌 화제

는 끝이 없다. 아예 매장문화에 관한 강의가 되어버렸다. 아키오의 말 한마디 한마디에 사치는 놀라기도 하고 밝게 소리 내서 웃기도 했다. 아키오는 그제야 사치의 얼굴을 제대로 볼 수 있었다.

놀랄 정도로 하얀 얼굴이다.

마치 태어나서 지금까지 햇빛이라고는 한 번도 받아본 적이 없는 사람처럼 희다.

가운데 가르마로, 깔끔하게 빗은 머리칼에 감싸인 작은 얼굴은 하얀 꽃송이 같았다. 그 꽃이 희미하게 웃고 있었다. 촉촉하고 커다란 눈, 반듯한 콧날, 도톰한 입술, 통통한 볼은 발그레하게 혈색이 좋다. 나이는 스물다섯, 여섯?

터질 듯한 가슴의 고동이 참을 수 없을 정도로 높아졌다.

'…대단한 미인이다.'

이렇게 아름다운 여자를 만난 건 처음이다.

섬에 놀러오는 관광객 중에도 이런 미인은 거의 없다. 아키오는 화장이 진하고 노출이 심한 요란한 차림의 도회지 여자들에게 마음이 움직인 적이 없었다.

사치와 이야기를 나누는 동안 아키오는 갑자기 화제가 궁해졌다. 이런 경험은 지금까지 한 번도 없었다. 이제 긴장은 하지 않는다. 그 이상이었다. 행복한 기분과 두려움이 거의 동시에 아키오를 사로잡았다.

사치와 지금 같이 있다.

그 사치는 상상도 못했을 정도로 아름답다.

너무나 놀라운 상황에 이야기를 계속할 수가 없게 된 것이다. 아키오는 갑자기 주눅이 잔뜩 든 사람처럼 고개를 푹 숙였다.

사치의 얼굴에서 웃음이 사라졌다.

"미안해요. …제가 좀 이상하지요."

한참을 잠자코 있다가 다시 후훗, 하고 웃었다.

"하지만 무덤 이야기가 이렇게 재미있다니."

고개를 숙인 아키오의 시야에 여전히 가지런히 튀어나온 그녀의 무릎이 있었다. 그 무릎 앞으로 희고 긴 손가락이 가지런히 이쪽을 향하고 있다.

"오늘부터 신세를 지겠습니다."

아키오는 얼굴을 들고 사치를 바라보았다. 사치는 깊은 시선으로 아키오를 빤히 쳐다보고 있다.

아키오는 대답할 말을 찾지 못했다.

다음날 새벽, 아키오는 뭔가 타는 듯한 냄새에 까무룩한 잠에서 튕기듯 일어났다. 아무도 없는 부엌에서 아궁이에 불이 타고 있고 솥에서는 연기가 피어오르고 있었다. 얼른 뚜껑을 열고 물을 뿌렸다. 정체를 알 수 없는 검은 물체가 보였다.

윙윙, 세탁기 돌아가는 소리가 나고 있었다.

뒷문으로 나가 보니 세탁기에서 거품이 부글부글 넘치고 있었다. 들여다보니 거품만 잔뜩 있고 세탁물이 보이지 않는다.

덜컹, 하고 안방에서 뭔가가 뒤집히는 소리가 났다.

허둥지둥 가보니 사치가 타월로 불단 앞을 닦고 있었다. 불단 앞에 바친 차를 엎지른 모양이다. 물에 젖은 타월을 재떨이에 대고 짜고 있다. 아키오는 흠칫 놀랐다. 편지를 태운 흔적이 그 재떨이 안에 남아 있었던 것이다.

사치는 재떨이의 내용물에는 신경도 쓰지 않고 일어나더니 그제야 아키오를 알아보았다.

"아, 잘 주무셨어요?"

가볍게 인사를 한다.

"재미있어서 한참 들여다봤어요. 굉장히 크네요. 장롱 같은 불단."

후우, 하고 숨을 내쉬더니 이마의 땀을 닦는다.

"아직 일곱 시도 안 됐는데 이렇게 덥네요. 하지만 빨래하기 좋은 날씨인 것 같아서 시트를 좀 빨았어요. 그리고 식사준비도 했는데, 먹을까요?"

가벼운 발걸음으로 부엌으로 가더니, 어머나! 하고 소리를 지른다.

"어머, 어떻게 해. 새카맣게 탔네. 왜 물이 들어가 있지? 어머나, 밥은…."

안방 불단 앞에 버티고 선 아키오에게로 돌아오더니 민망한 듯한 얼굴로 웃으며 말한다.

"전기밥솥 스위치를 누르지 않았어요. 어쩌지요…. 저… 이 부근에 편의점이 있나요?"

사태가 이렇게 되자, 그날 아침은 아키오의 가게에 있는 유효기간이 임박한 과자와 빵, 그리고 인스턴트커피로 때웠다.

진심인지 빈말인지 모르지만 사치는 "맛있어!"하며 잘 먹었다. 크로켓과 통밀빵, 크림빵까지 다 먹어치우고 설탕과 우유를 잔뜩 넣은 커피를 두 잔이나 마셨다. 아키오는 잼을 바른 빵 한 조각조차 제대로 넘기지 못했다.

'어쩔 생각이지?'

어제 저녁부터 두 사람은 제대로 된 대화를 거의 나누지 않고 있었다. 유일하게 열을 올렸던 화제가 무덤 이야기. 왠지 한심한 생각이 들었다.

무엇보다 어디서 온 건지, 어떤 이유로 여기까지 온 건지, 언제까지 있을 생각인지, 중요한 건 하나도 물어보지 못했다.

그걸 물어보지 않고는 아무것도 할 수가 없지 않은가.

아키오는 주저했다. 아직 의심하고 있는 것이다.

— 장난이 아닐까(무엇을 위한?).

— 덫이 아닐까(누가 놓은?).

— 게임이 아닐까(그러니까 누가 무슨 이유로?).

아무튼 물어보지 않고는 아무 말도 할 수가 없다.

아키오는 잼을 바른 빵을 먹으면서 이런저런 생각에 빠져 있는데, 사치는 어느새 다 먹고 일어나 부엌으로 가서 설거지를 하기 시작했다. 잠시 후에 혼자서 웃는 소리가 들렸다.

웃으면서 안방으로 들어온 사치는 검게 탄 물체를 아키오에게 내밀었다.

"스펀지를 태워버렸네."

아침식사 후에 아키오는 뭔가 거북한 분위기에서 어찌 할 바를 모르고 있다가, 결국 자기 방에 들어가 다시 잠을 자는 수밖에 없었다. 하지만 눈을 감고 있어도 잠이 올 턱이 없다. 열어젖힌 창으로는 짙은 소나기구름이 몰려오는 게 보인다.

뒷마당에서 카후가 코맹맹이 소리를 내면서 짖어대고 있다.

'어미개가 온 모양이군.'

아키오는 이불 속에 누워 멍하니 생각에 잠겼다.

"어이! 집에 있나?"

아니나 다를까 와타루의 목소리다. 얼른 일어나지 않고 있자 복도에서 콩콩거리며 가벼운 발소리가 뛰어나갔다.

"예! 지금 나가요."

밝은 목소리가 들린다. 아키오는 무의식중에 벌떡 일어났다. 안방으로 가보니 툇마루에 서서 마당 너머를 내다보는 사치의 뒷모습이 보인다. 아키오는 허둥지둥 마당으로 내려섰다.

"다녀오세요."

사치는 툇마루에 반듯하게 앉아 아키오를 배웅하며 웃는다.

툇마루 밑에 묶어놓은 사슬을 풀어주자 카후가 힘차게 내달린다.

자다 일어난 부스스한 머리를 긁적거리며 아키오가 나가니 와타루와 그의 아내, 딸까지 모두 총출동 해서는 마당 끝에 나란히 서 있었다. 그의 아내는 갈색 긴 머리를 틀어올려 핀으로 고정시킨 모습으로 푸른 아이섀도에 분홍색 립스틱, 노란 치마를 입고, 손에는 양산을 들고 있었다. 와타루 혼자만 늘 보는 티셔츠에 반바지 차림이다.

세 사람은 제각기 사치를 보더니 마치 장승처럼 굳은 얼굴을 했다.

"어, 어이, 일요일이고 오랜만에 다 같이 산책이라도 갈까 해서 왔는데."

와타루의 동요하는 모습을 보며 아키오는 말없이 걸음을 옮긴다.

벵골보리수 나무 모퉁이 부근까지 오자 뒤에서 와타루가 조심스럽게 묻는다.

"저 아가씨, 누구야?"

아키오는 한마디도 하지 않는다.

"대단한 미인이네요. 아키오 씨, 어떻게 된 거예요?"

그의 아내도 수선스럽게 물었지만 아키오는 여전히 입을 꾹 다물고 있다.

이윽고 남쪽 해변까지 오더니 와타루의 아내와 딸, 그리고 두 마리 개는 달리기 경주를 시작했다. 아키오와 와타루는 모래 위에 나란히 앉았다. 아키오가 담배를 한 대 빼물더니 겨우 입을 열었다.

"혼자 여행 온 사람인데 어제 섬에 도착했다더라. 어두워질 때까지 무덤 옆에서 놀다가 묵을 데를 찾지 못해서 우리 집으로 왔는가 봐."

"무덤에서?"

와타루는 눈을 휘둥그레 떴다.

"그게 무슨 소리야? 도깨비랑 친구라도 된단 말인가?"

아키오는 그제야 웃는다.

“그럴지도 모르지.”

“아는 사람 아니고?”

“아니, 몰라.”

“그럼 어쩌다가 너희 집에 온 거야?”

“산책 갔다 돌아오는 길에 우연히 만나 묵어가게 해달라고 하기에….”

“민박집에 데려다주면 좋았을 텐데.”

“돈이 없다고 하더라고….”

“그렇구나. 하지만 저 정도 미인이면 하룻밤 정도 괜찮지 뭐.”

‘무슨 말도 안 되는 소리.’

아키오는 괜히 긴장해서 새벽까지 한 잠도 자지 못했다. 벽 하나를 사이에 두고 저런 미인이 무방비상태로 자고 있다는 것은 고문에 가까웠다.

게다가 앞으로 신세를 지겠다고 일방적으로 선언을 해놓고.

“언제까지 있을 거래?”

와타루의 질문에 아키오는 다시 흠칫했다.

“모르겠어.”

정말 알 수가 없었다. 사치가 언제까지 자기 집에 있을 생각 인지.

그리고 무슨 생각으로 찾아온 것인지도.

해변에는 해수욕을 하러 온 사람들이 파라솔을 펼치기 시작했다. 두 마리의 검은 개를 발견하고 수영복 차림의 아이들이 모여든다.

"아키오 씨, 오늘 점심은 어떻게 하실 건가요?"

와타루의 아내가 땀을 잔뜩 흘리면서 두 사람이 있는 곳으로 와서 앉았다.

"그냥 아무 예정도 없는데요."

아키오는 대답하고 나서 문득 사치는 어떻게 할 생각일까, 하는 생각이 들었다.

"뭐하면 저희 집에 가서 드세요. 그 다음에 다 같이 이 사람 밭이나 보러 갈까 하는데요."

"내가 해놓은 일의 성과를 너한테도 보여주고 싶어서."

와타루가 멋쩍게 웃으면서 덧붙였다. 아키오는 "어어, 그거 좋은 일이지."하고 맞장구를 쳤지만,

"고맙긴 하지만 오늘은 좀….."

하고 완곡하게 거절했다.

"어머, 왜요? 오세요. 오랜만이고 또….."

와타루의 아내가 남편의 팔을 찔렀다.

"아 그래. 그 뭐냐, 리조트가 잘 되면 그 후의 사업계획에 대해서 말인데, 나도 여러 가지로 생각을 하고 있어. 내 이야기

한번 들어보지 않겠나?”

와타루가 말하는 사업계획이라는 것은 이사를 하면 리조트 프로젝트에서 새로 지어주겠다는 아키오의 가게에 ‘요나키 아가리쿠스’ 판매코너를 마련해달라는 것이다. 와타루는 순이치와 한통속이 되어 일방적으로 이 이야기를 가지고 아키오를 부추기고 있었다.

“아니, 오늘은 그냥 집으로 갈래.”

“너, 이쪽에서 이만큼 열심인데 왜 전혀 진지하게 들어주지도 않는 거냐?”

와타루는 기분이 상한 듯했다.

“아니면 오늘은 그 미인 상대하느라 바쁘기라도 한 거야?”

와타루의 아내는 옆에서 분홍 립스틱을 바른 입술 끝을 올리며 빙긋이 웃었다.

“그럼 그 미인 아가씨도 같이 오면 어때요? 아직 집에 있다면 말이에요.”

아키오는 입을 다물었고 와타루 역시 더 이상 말이 없었다. 와타루의 아내는 두 사람의 얼굴을 번갈아 쳐다본다.

“여기 좀 봐요, 카후가 굉장한 걸 잡았어요.”

와타루의 딸이 흥분해서 외치고 있었다. 카후는 가시복을 입에 물고 있었다.

"가자, 카후!"

아키오는 일어나 일행에게 등을 돌렸다. 갑자기 불안이 밀물처럼 밀려들었다.

이러고 있는 동안에도 사치가 어디론가 가버릴지 모른다는 생각이 들었던 것이다.

발걸음이 저절로 빨라지다가 나중에는 있는 힘을 다해 뛰었다.

"어서 와요!"

마당에 들어서자 툇마루에 앉아 있던 사치가 일어나며 말했다. 귀가하는 자신을 맞이해주는 사람은 어머니 말고는 없었다. 아무래도 멋쩍어서 아키오는 다시 고개를 푹 숙이는 수밖에 없었다. 사치의 킥, 하고 웃는 소리가 작게 들렸다. 순간 울컥 화가 나서 땀이 솟는다. 아키오는 티셔츠 자락을 말아쥐고 얼굴을 문질렀다. 사치는 샌들을 신고 마당으로 나왔다.

사치는 카후가 바다에서 가지고 온 가시복을 보고 갑자기 꽃이 피듯 환하게 웃는 얼굴이 되었다.

"어머, 이 개가 잡은 거예요? 이 따가운 가시투성이 고기를? 대단하다! 정말."

사치는 쪼그리고 앉아 몇 번이고 카후의 머리며 등을 쓰다듬었다. 카후는 꼬리를 찢어질 듯이 흔들어댄다. 햇살 아래서 보는 사치는 한층 더 하얀 피부에 풍성한 흑발이 여름 햇살을 받아 반짝반짝 빛나고 있었다. 웃는 얼굴의 투명한 아름다움을 무엇에 비유하면 좋을까.

"이 물고기 어떻게 할 거예요?"

사치의 얼굴을 빤히 바라보던 아키오는 얼른 시선을 돌렸다.

"뒷집 할머니가 탕으로 끓여줄 거예요."

"어머! 먹는 고기예요?"

"물론. 둘이 먹다 하나가 없어져도 모를 정도로 맛이 있죠."

사치의 얼굴이 호기심으로 빛났다.

"그런 천재적인 요리사가 이 뒤에 살고 있단 말인가요?"

아키오는 소리 내서 웃었다.

"천재 요리사? 아, 맞아. 그럴지도 모르겠군."

사치는 일어섰다.

"그럼 오늘 저녁에 이걸 먹을 수 있겠네요."

선선한 바람이 두 사람 사이로 불었다. 사치는 오늘도 있어 준다는 의미다.

"항상 저녁밥은 할머니가 해줘요. 지금 이걸 갖고 가면 저녁 때까지 시간은 충분하죠."

"정말?"

사치는 점점 더 신나는 얼굴로 웃었다.

“아키오 씨 할머니?”

“아니, 친할머니는 아닌데 어릴 때부터 날 보살펴주셨어요. 그리고 현역 무당이에요.”

“무당?”

어제의 무덤에 관한 강의처럼 길어지겠구나 싶어서 아키오는 내심 쓴웃음을 지었지만 툇마루에 앉아 이야기를 시작했다.

“할머니는 뭐랄까, 아주 특별한 능력을 갖고 있죠. 할머니 같이 신이 들린 사람을 두고 오키나와에서는 가민추(神人)라고 하거든요. 오키나와에는 여러 지역에 가민추가 있고, 그들이 무당이 되는 거예요. 오키나와 사투리로 그들을 유타라고 하죠.”

“신사에서 일하나요?”

“아니, 그렇지 않고 자기 집에 있는데 곤란한 일이 생긴 사람이 찾아가서 집안일이며 병, 그리고 조상님에 대한 일이랑 자기 앞날 같은 걸 상담하는 거예요.”

“그럼 마을의 카운슬러 같은 거네요.”

사치의 표현은 하나같이 재미있다.

“글쎄, 그런가. 하지만 카운슬러는 신탁을 받지는 않을 텐데.”

“신의 목소리도 듣는 건가요?”

"맞아요. 신의 목소리는 보통 사람은 모르기 때문에 아무렇게나 꾸며대는 무당도 있어요. 당연히 할머니는 사람을 돕고 존경을 받는 유타죠. 이곳 섬사람들은 적어도 한 번쯤은 할머니의 도움을 받았을 걸요. 나 역시 신세를 지고 있으니 큰소리칠 수도 없는 입장이고요."

아키오는 감개무량한 목소리로 말했다.

"할머니도 이제 연세가 여든여섯인데 진짜 가민추죠. 이런저런 예언도 하고 제법 잘 맞아요."

사치의 편지, 사치가 온다는 것도 할머니의 예언대로였다. 이야기를 하면서 아키오는 새삼 할머니의 영감에 감복했다. 사치는 흥미 깊게 듣고 있다가 얼핏 하얀 얼굴에 그림자가 스쳤다.

후후, 하고 작게 웃더니 사치가 중얼거렸다.

"왠지 무섭네요."

먹음직스러운 복어탕이 밥상 위에 모락모락 김을 내고 있다. 사치는 신기한 듯이 냄비 안을 들여다보고 있었다.

그 외에도 돼지 귀를 썰어 만든 요리, 튀김두부, 찰밥 등 평소와 다른 상차림으로 작은 밥상이 가득 찼다. 세 사람분의 밥그릇이 차려진 할머니의 밥상을 아키오는 처음 본 것 같았다.

"와아, 역시 천재 요리사. 맛있겠다."

사치는 순진한 얼굴로 신이 나 있었다. 최근 복잡한 얼굴로 지내던 할머니는 눈썹 하나 움직이지 않는 무뚝뚝한 표정이다. 그런 할머니의 태도에 아키오는 괜히 조마조마했다.

복어탕을 한 입 먹더니 사치가 눈을 휘둥그레 떴다.

"맛있어. 입안에서 살살 녹아요. 이거 간은 뭘로 하신 거예요?"

할머니는 자기 국그릇을 휘저을 뿐 대꾸도 없다. 아키오가 얼른 대신 대답한다.

"으음… 그러니까 그건 아마 소금일 겁니다."

"아, 그렇구나. 오키나와의 특별한 조미료네요."

아키오는 자기도 모르게 웃음이 터졌다. 사치는 아랑곳하지 않고 돼지 귀며 선지 등을 거침없이 경쾌하게 잘도 먹는다. 흰 피부와 가녀린 몸매에 어울리지 않게 먹는 모습은 걸신들린 말괄량이 아가씨다.

"할머니, 조금만 더 주세요."

아키오가 절반도 먹기 전에 사치는 어느새 할머니에게 밥공기를 내밀었다. 할머니는 무뚝뚝한 얼굴을 풀지도 않고 말없이 공기에 밥을 수북하게 담았다. 사치는 그걸 받아 열심히 먹는다. 호쾌하다고 표현해야 할 것 같다. 그리고도 더 먹겠다고 했다. 마치 누가 많이 먹나 선수권대회라도 하는 것 같다.

“아, 최고야, 최고. 더 먹을 수도 있을 것 같아요.”

아키오는 조심스럽게 자기 국그릇을 내밀었다.

“이거 먹을래요?”

“예, 주세요.”

사치는 주저 없이 받아들고 국물 한 방울 남기지 않고 비우더니 만족스러운 듯 크게 숨을 내쉬었다.

사치를 데리고 왔을 때부터 인사도 하지 않고 말없이 있던 할머니가 식후의 차를 마련하면서 겨우 입을 열었다.

“본토에서, 그것도 북쪽에서 왔구먼.”

마치 사치에 대해 뭐든지 알고 있다는 투다.

흠칫하는 공기가 아키오에게도 전해졌다.

“바다 근처에 살았군.”

사치의 입가에서 미소가 사라졌다.

“어떻게 그걸 아세요?”

할머니는 마치 당연하다는 듯 대답했다.

“색시가 살결도 희고 바다 음식도 잘 먹잖나. 그 정도는 누구라도 금방 알지.”

아키오는 안도의 한숨을 내쉬었다. 사치의 과거와 미래를 만나자마자 꼬집어내듯 알아맞히는 게 아닐까 불안했다. 잠시 긴장했던 사치도 안도하는 표정이 역력했다. 그 순간에 아키오는 거의 확신 같은 걸 가졌다.

사치에게는 알리고 싶지 않은 과거가 있는 것이다. 어쩌면 잊고 싶은 과거가.

그렇지 않다면 무엇 때문에 멀리 떨어진 섬까지 물어물어 낯선 남자를 찾아왔단 말인가.

아키오는 사치를 보여주기 전에 카후가 잡은 가시복을 갖고 할머니한테 먼저 왔었다. 그리고 혼자 무전여행을 온 아가씨가 묵어가게 해달라고 왔는데 거절할 수가 없어서 한동안 편의를 봐주기로 했다고 설명해두었다. 꾸며낸 이야기를 들킬까봐 우려하는 한편, 마치 옛날이야기의 한 장면처럼 신비로운 느낌이 들기도 했다.

할머니는 의심스러운 얼굴로 그 얘길 들었는데, 막상 아키오가 사치를 데리고 나타나자 눈이 휘둥그레졌다. 제아무리 할머니가 무당이라지만 이런 미인을 아키오가 데리고 올 줄은 예상도 하지 못했을 것이다.

'아무쪼록 할머니가 아무것도 알아맞히지 못하기를.'

아키오는 기도하는 마음으로 생각했다.

사치는 차를 마시면서도 할머니에게 섬의 음식이며 조리법에 대해 이것저것 질문을 하는데 천성이 곰살궂지도 않은 할머니지만 왠지 평소보다 더 퉁명스러웠다. 아키오는 두 사람 사이에 끼어 이야기를 이어나가려고 필사적으로 애쓰다보니 어느새 자리가 길어졌다.

두 사람의 늦은 귀가를 카후는 목을 빼고 기다리고 있었다. 두 사람이 문 앞에 나타나자 더 이상 기다릴 수는 없다는 듯 빈 접시가 놓여 있는 땅을 앞발로 북북 긁어댔다.

"미안. 미안. 네가 잡아다 준 건데. 자, 많이 먹어라."

복어탕 국물에 만 밥을 게걸스럽게 먹는 카후 옆에 쪼그리고 앉아 사치가 불쑥 중얼거렸다.

"할머니는 내가 싫으신가봐."

그 목소리는 조금 쓸쓸했다.

아키오는 사치 옆에 나란히 앉으며 말했다.

"할머니는 누구한테나 엄격해요. 나도 매일 야단만 맞는걸. 하지만 엄격한 건 부드러운 것과 같다는 걸 최근에서야 알게 되었죠."

사치는 얼굴을 들고 아키오를 보았다. 갑자기 눈이 마주치자 아키오는 허둥거리면서 말을 이었다.

"뭐냐… 그 부드러운 목소리로 말만 번드르르한 사람은 어딘가 믿을 수가 없잖아요?"

그렇게 말하면서 아키오는 순이치를 잠깐 떠올렸다. 사치는 작게 웃었다.

"맞아요. 그런 사람은 못 믿어요. 듣고 보니 그런 사람도 있긴 있어요."

"거봐요. 내 말이 맞죠."

두 사람은 얼굴을 마주보며 웃었다.

사치는 접시를 열심히 핥고 있는 카후를 지치지도 않고 바라보고 있었다.

또한 아키오는 그런 사치를 지치지도 않고 바라보는 것이었다.

한겨울 얼마 동안을 제외하고 아키오의 집 대문은 항상 열려 있다.

그의 집뿐만이 아니다. 이 섬의 집들은 어디나 늘 활짝 열려 있다.

산호 돌담으로 빙 둘러싼 붉은 기와집은 어디나 불쑥 찾아가 보고 싶어지는 그리운 풍경 안에 있었다. 으리으리한 대문도 없지만 초인종도 없다. 마당 끝에서는 바다 쪽에서 불어오는 바람이 하이비스커스 꽃을 흔들고 있다.

다음날 아침, 식사시간이 되어도 사치는 안쪽 손님방에서 나오지 않았다.

아키오는 두 사람분의 샐러드와 계란프라이를 준비해놓고 혼자만 조용히 식사를 마쳤다. 사치의 접시에는 신문지를 덮어놓고 일어나기를 기다렸지만 전혀 움직이는 기척이 없다.

지금 카후와 산책을 가지 않으면 가게 문 여는 시간에 맞춰 돌아올 수가 없다.

아키오는 가부좌를 틀고 앉아 담배를 피우면서 혹시 사치가 나가버린 게 아닐까 하는 의심이 들기 시작했다. 갑자기 안절부절 못하는 심정이 되어 일어나 불단과 복도를 몇 번 왔다갔다했다. 여전히 사치는 손님방에서 나오지 않는다.

아키오는 결심을 굳혔다.

발소리를 죽여 복도 안쪽 방으로 갔다.

— 딱 한 번만.

— 아주 조금만.

— 있는지 없는지만 확인할 거니까.

손님방 미닫이문 손잡이를 살짝 만진다. 긴장한 탓에 손가락 끝에 땀이 배어나온다. 마치 옛날이야기 '은혜 갚은 학'의 한 장면 같다. 숨을 죽인 채 딱 1센티미터만 문을 빼꼼히 문을 열었다.

사치는 방 한가운데 깔린 이불 속에 누워 얼굴은 이쪽을 향하고 곤하게 잠을 자고 있었다. 물색 잠옷에서 하얀 팔이 삐죽 나와 있다. 꼭 감은 긴 속눈썹을 가진 얼굴은 잠자는 공주 바로 그 이미지였다.

아키오는 숨을 죽인 채 문을 닫고 그 자리에 주저앉아 깊은 숨을 내쉬었다.

봐서는 안 될 것을 봐버렸다.

그러면서도 뭔가 신성한 것을 바라본 기분이었다.

죄책감과 흥분이 뒤섞인 가슴속이 당장이라도 폭발할 것 같았다.

뒷마루에 묶어둔 카후의 사슬을 끌러놓고는 이따금 뒤를 돌아다보면서 남쪽 해변을 향해 걸어갔다. 하늘은 상쾌하게 개어 있었다.

아키오는 산호를 바다에 던지면서 마음에 걸려 있던 어두운 구름을 떨쳐내지 못하고 초조했다.

하얀 팔과 평화롭게 잠든 얼굴. 조금 전에 들여다본 장면이 자꾸만 떠오른다.

— 아예 오늘이라도 떠나주면 좋겠어.

— 그러면 더 이상 속을 끓이지 않아도 되잖아.

'도대체 사치는 언제 나갈 거지?' 아키오의 불안은 오로지 이 의문 때문이었다.

지금쯤 일어났을까. 혹시 떠날 준비를 하고 있는 중일지도 몰라. 지금 시간이면 걸어가도 열 시 페리를 탈 수 있을 테니까.

— 어차피 언젠가는 떠나는 게 당연한 사람.

— 그렇다면 지금 당장 가버리지.

생각하면 할수록 아키오의 가슴은 복잡하고 어수선했다.

아키오를 부르는 소리에 돌아보니 바닷가로 이어지는 길 저쪽에서 크게 손을 흔들며 하얀 모자를 쓴 사치가 달려오고 있다.

오렌지색 민소매 상의에 진 반바지. 아키오는 눈이 부셔 실눈을 하고 그 모습을 바라본다.

"미안해요. 늦잠을 잤네요."

숨을 헐떡이면서 가까이 오더니 공기를 힘껏 들이마셨다.

"으음 기분 좋아! 아아, 이 바다 색 좀 봐요. 너무 멋있어."

힘껏 기지개를 켰다. 하얀 옆구리가 흘낏 보인다. 아키오는 괜히 허둥지둥 눈을 피했다. 사치는 아키오의 시선은 아랑곳하지 않고 돌아서서 해변을 따라 심어놓은 방풍림 가로수를 가리켰다.

"저거, 복나무(happy tree, 아열대 지방에서 나는 나무 역자) 방풍림이지요?"

사치는 의외로 많은 것들을 알고 있었다.

"네, 잘 알고 있네요."

아키오가 자기도 모르게 감탄하자 사치는 잠시 생각에 잠긴 듯한 이상한 표정을 보였다. 그러나 얼른 득의만면한 표정이 된다.

"하하하, 상식이지요. 뭐."

구김살 없는 웃음으로 대답했다. 사치를 알아본 카후가 있는 대로 온몸을 흔들며 물가에서 뛰어온다.

"와아, 온몸이 푹 젖었네. 카후, 오늘은 뭘 잡아다줄 거야? 할머니 집에 또 갖고 가자. 오늘 저녁에도 할머니는 맛있게 만들어줄 거야."

아키오는 기분 좋게 불어오는 바닷바람의 감촉을 즐기면서 작게 한숨을 쉬었다.

"오로지 먹을 생각만 하는군."

카후의 목을 끌어안으면서 사치는 소녀처럼 들떠 있다.

아키오는 사치에게 산호를 던져 카후더러 주워오게 하는 놀이를 가르쳤다. 사치는 산호를 몇 번이고 바다에 던지고는 환성을 질렀다. 기온이 점점 올라가고 햇살이 찌르듯이 강해진다.

"저기요, 지금 수영할 수 있을까요?"

사치는 파도치는 물가에 서서 양손을 물에 담그고 온도를 확인하는 것 같았다. 모자 아래로 땀이 줄줄 흐른다.

"물론이죠."

말이 끝나기가 무섭게 아키오는 티셔츠와 샌들을 벗어던지고 바다로 뛰어들었다.

카후가 신이 나서 쫓아온다. 물방울을 온몸에 받은 사치가 꺄악, 환성을 지른다.

"어때요? 여기까지 와봐요!"

발목에 차는 데까지 들어와 있는 사치에게 손을 흔들자 크게 손을 마주 흔드는 것이 보인다.

따뜻한 물이 몸을 부드럽게 감싸고 지나간다. 방금 전까지의 불안은 그림자를 감추고 이번에는 뭉클한 행복감이 아키오의 가슴 속에서 터질듯이 부풀어올랐다.

손을 마주 흔들어주는 사람이 저기 있다.

아키오와 카후는 밝고 맑은 바닷속으로 뛰어들었다. 산호초로 내리쬐는 햇살이 만들어내는 무늬 사이로 푸르고 노란색의 열대어 무리를 헤치며 헤엄친다. 오랜만에 들어온 바닷속에서 아키오는 물고기처럼 이리저리 한참을 돌아다녔다.

얼마나 물속에 있었을까. 수면에 얼굴을 내밀고 해변을 향해 손을 흔들다가 멈췄다.

사치의 모습이 보이지 않는다.

물 위에 떠서 바라보다가 얼른 전력을 다해 해변까지 헤엄쳐 나왔다. 어깨로 숨을 쉬면서 무거운 몸을 이끌고 모래밭으로 나온다.

해변은 조용하다.

'…가버린 건가?'

또다시 불안이 고개를 쳐들기 시작했을 때 아키오의 시선이 문득 모래밭 위에서 멈췄다.

아까 이리저리 벗어던진 샌들이 가지런히 아키오를 기다리고 있었다. 신기 편하도록 발꿈치가 이쪽으로 향해 있다.

순간 숨이 멎는 것 같았다. 그리고 나서 금방 따뜻한 미소가 퍼졌다.

빨리 돌아와요.

샌들은 그렇게 말하고 있었다.

7

낮잠 시간에 한 대 피울까, 하며 앉은뱅이 상 위의 담뱃갑으로 손을 뻗었다가 아키오가 잡은 것은 뜻밖의 물건이었다.

담배를 꺼내는 부분에 나비가 꽂혀 있었다.

초록색 테두리에 나비로 장식한 클립 형태의 머리핀이었다. 그리고 메모가 꽂혀 있다.

'금연'이라고 적혀 있다.

아키오는 자기도 모르게 피식 웃었다.

사치가 온 지 일주일. 아키오의 생활에 조금씩 변화가 찾아왔다.

매일 아침 어김없이 식사를 준비해서 먹게 되었다. 사치는 도무지 음식 만드는 데는 솜씨가 없어서 가게의 식료품을 이용해 반찬을 만드는 건 아키오의 역할이었다. 오믈렛, 톳나물, 참플, 된장국 등등. 어느새 이렇게 요리를 배웠을까. 스스로도 믿어지지 않았다. 어쩌다 보니 부엌에 나서게 된 아침식사지만, 막상 시작해 보니 의외로 재미도 있고 전날 밤부터 가게에서 팔고 남은 재료를 확인하면서 뭘 만들면 좋을지 생각하기도 했다.

할머니는 여전히, 아니, 전보다 더 무뚝뚝해졌다. 심기가 불편한 얼굴이 너무 오래가는 것 같아 사치에게 뭔가 나쁜 느낌이라도 받았나 싶어 아키오는 속으로 은근히 걱정했는데, 매일 저녁마다 못 보던 음식이 연달아 밥상에 오르는 걸 보면 아무래도 사치에게 대단한 호기심을 갖고 있는 것 같기도 하다. 사치는 할머니가 내놓는 새로운 메뉴를 한 입 먹고는 그 재료며 조리법에 대해 조르듯이 할머니에게 질문을 퍼붓는다. 할머니는 알아듣거나 말거나 오키나와 사투리로 대답한다. 사치는 필사적으로 쫓아가려고 한다. 마치 여자들만의 기싸움 같다. 아키오는 처음에는 둘 사이에 끼어들어 대화를 중재하려고 했지만 이윽고 두 사람이 그런 대화를 즐기고 있다는 생각이 들기 시작했다.

사치는 유난히 섬에 대한 이야기를 집요하게 캐묻곤 했다. 너무 열심히 묻고 또 묻는 바람에 할머니도 이것저것 이야기를 해준다. 일주일이 지나자, 사치는 완전히 할머니의 말투를 이해하게 되었다. 아키오는 믿을 수가 없었다. 본토 사람들에게는 외국어처럼 들린다고 하는 섬의 방언을 이렇게 단기간에 알아듣게 되다니. 섬의 전설, 재앙을 막는 주술을 비롯해 곧 찾아올 오봉 명절 이야기까지. 할머니의 무뚝뚝한 태도는 전혀 개의치도 않고 사치는 눈을 빛내면서 꼬치꼬치 캐물었다.

카후와의 아침 산책은 사치의 몫이 되었다. 사치는 아침잠이 많아 같이 식사를 하게 되면 끝날 즈음에는 아홉 시가 지나버린다. 가게를 아홉 시 반에 열어야 하기 때문에 아키오는 여유 있게 산책을 할 수가 없다. 그래서 사치가 산책을 맡아서 하겠다고 제의했다.

사치가 뒷마당으로 나가면 카후는 껑충껑충 뛰며 좋아한다. 사치와 카후는 햇살을 받아 눈부시게 하얀 길을 앞서거니 뒤서거니 하면서 달려간다. 아키오는 그 뒷모습이 벵골보리수 모퉁이를 돌 때까지 배웅하고 나서 서둘러 빨래를 넌다. 사치의 잠옷이며 속옷은 빨래바구니에 남겨, 지금은 사치의 방이 된 안쪽 손님방에 살며시 넣어둔다. 아키오는 '보지 말아야지, 보지 말아야지.'하고 스스로를 타이르지만 자기도 모르게 시선이 그쪽을 흘끗거린다. 그럴 때마다 몰래 나쁜 짓을 하는 것처럼 얼굴이 붉어지는 것을 느낀다. 펴보는 것까지는 감히 생각도 해보지 못했지만.

사치는 낮에 아키오가 가게에 나가 있는 동안, 카후랑 놀거나 툇마루에서 낮잠을 자기도 하고 마당의 나무에 물을 주거나 할머니의 사투리를 흉내 내며 혼자서 섬이야기를 중얼거리기도 한다. 집안일은 아예 하려고 들지도 않는다. 아마 첫날부터 넌더리가 났던 모양이다.

할머니에게 과감하게 도전하는 모습이나 게걸스럽게 먹어대는 모습 등, 자못 남자 같은 면도 있다는 게 뜻밖이었다. 선풍기 스위치는 발가락으로도 잘 다루고, 가부좌를 틀고 앉아 신문을 보기도 한다. 반면 차를 우려내는 솜씨는 의외로 얌전해서 손가락을 찻주전자 뚜껑 위로 가지런히 올려놓고 반듯하게 앉아 등줄기를 곧게 편다. 얌전한 건지 말괄량이인지. 도대체 어떻게 살아온 사람인가 하는 궁금증이 절로 생긴다.

아키오와 같이 있는 사치는 마치 여름방학 때 친척집에 놀러와 있는 또래 아가씨 같았다. 처음에는 약간 긴장하는 듯하다가 결국 본성을 감추지 못하고 어느새 편안한 자세가 되어버린 그런 느낌이다.

하지만 어떤 장소에 있어도 어떤 몸짓을 해도 사치는 아름다웠다.

툇마루에 얌전히 앉아 있는 뒷모습은 그 부분만 잘라내면 완벽한 그림이 될 것 같았다. 안방에 들어갔다가 우연히 그런 모습을 마주치면 아키오는 그 그림을 망가뜨리지 않으려고 자기도 모르게 숨을 죽인다. 그리고 한동안 정신없이 바라본다. 잠깐만 돌아봐 줬으면 했다가 금세 절대 돌아보지 말았으면 하는 두 가지 복잡한 마음으로 그림을 바라본다.

단 한 가지 사치가 아키오를 위해 세심하게 챙기는 일이 있다.

아키오가 늘 아무렇게나 벗어던지는 샌들을 가지런히 모아, 나갈 때 신기 편하게 놓는 일이었다. 거칠기만 한 섬사람들은 샌들이나 신발을 가지런히 벗어놓지 않는다. 더구나 아키오는 태어나서 지금까지 샌들을 가지런히 벗어놓은 적이 단 한 번도 없었다. 가게나 마당으로 나가려고 샌들을 신을 때마다 아키오는 어라, 하고 놀란다. 그리고 그때마다 살며시 샌들을 모아놓는 사치의 하얀 손을 생각한다.

고작 샌들 하나 정리해놓은 거지만, 그 샌들을 신으면 왠지 마음이 따뜻해진다.

아키오는 나비장식 핀으로 집어놓은 담뱃갑을 한동안 손바닥에 올려놓고 바라보다가 이윽고 한숨을 내쉬며 상 위에 도로 놓았다.

방금 전까지 큰 대자로 누워 잠을 자다가 엎드려 보거나 했지만 도무지 낮잠을 잘 기분이 아니다. 아침부터 맴맴 울어대

는 매미소리가 시끄럽다. 바람 한 점 없는 방안이 푹푹 찌듯이
덥다. 그러나 그런 건 아무 상관이 없었다.

한동안 가만히 앉아 있다가 일어나 복도를 지나서 가게를 들
여다본다.

쉴 새 없이 이웃 사람들이 가게로 들어온다. 이웃뿐 아니라
옆 부락의 사람들도 온다. 딱히 볼일도 없는데 가게 안을 힐끗
거리고 있다.

계산대에서는 근처에 사는 영감 두 사람을 상대로 사치가 뭐
가 즐거운지 이야기에 빠져 있다.

7월에 접어들어 관광객의 모습이 늘기 시작했다. 알록달록
한 비치샌들과 선오일이 아키오 가게의 주력상품이 되는 것도
7월 좀 지나서부터다.

'도모요세 상점 낮에도 개점'

사치는 며칠 전에 6월 달력을 찢어낸 뒷장에다 매직으로 그
렇게 썼다. 그것을 내다붙이고 있는데 맞은편 영감이 말을 걸
어왔다.

"오호, 낮에도 문을 연다고?"

사치는 싹싹하게 대답했다.

"예, 낮에는 제가 가게를 볼 거거든요."

소문은 순식간에 온 부락에 퍼졌다. 전단을 내다붙인 그날부터 섬사람들이 호기심에 찬 눈으로 가게를 염탐하러 왔다.

사치가 가게에 나가기 시작한 사흘 동안은 휴가철도 아닌데 기록적으로 매출이 늘었다. 사치는 몇 번이나 계산을 틀렸다. 그때마다 툇마루에 누워 쉬고 있던 아키오가 나와서 계산기를 두드렸다. 쩔쩔 매는 사치 앞에는 미처 들어오지도 못한 손님이 줄을 서 있었다. 결국 아키오는 낮잠을 반납하고 사치랑 같이 손님을 상대해야 하는 처지가 되었다.

뒷산 밭에서 작업을 하고 있을 와타루도 점심을 먹으러 집에 왔다가 가게에 나타났다. 어디서 왔는지 무엇을 하는지 꼬치꼬치 캐물었지만 사치는 교묘하게 잘 피해간다.

"미스터리어스야. 나 홀딱 반해버릴 것 같군."

한숨을 쉬면서 농인지 진담인지 모를 소리를 지껄인다. 우연히 길가에서 만난 미인을 집에 들여놓은 아키오의 행운을 진심으로 부러워하고 있었다.

"들어가 쉬어요. 이제 괜찮으니까."

계산대의 일이 손에 익었는지, 사치는 그날 아침 자신 있게 그렇게 말했다.

말은 그래도 도무지 안심할 수가 없었다. 가게 안채에 들어 앉아 가끔 슬며시 가게를 들여다보았다.

뒷마당에서 카후가 짖기 시작했다. 짖는 소리를 들으니 순이치가 온 게 틀림없었다.

아키오가 안방으로 나와 보니 오늘은 늘 봐왔던 대로 양복 차림의 순이치가 있었다. 하얀 이를 드러내면서 아키오를 보고 웃는다.

"어이, 가게가 문전성시 아닌가."

아키오는 곤혹스러운 얼굴로 웃어보였다. 순이치는 짖어대는 카후를 신중하게 피하면서 툇마루에 앉았다.

"소문으로 들은 미인 효과가 거짓이 아니군."

흠칫했다. 순이치까지 알고 있구나.

"가게, 들어가 본 거야?"

친구나 지인이 아키오를 찾아올 때는 가게가 있는 밖에서가 아니고 뒷마당으로 들어와 툇마루로 오게 되어 있었다. 카후가 짖어대는 걸 알면서도 그것이 규칙이라는 듯 순이치도 과감하게 뒷마당으로 들어와 아키오를 찾은 것이다.

"아니, 바깥 큰길에서 잠깐 들여다보려고 했는데 사람들이 밖에까지 넘치기에 그냥 들어왔어. 나야 뭐 미인을 하도 많이 봐서 그렇게 서둘러 보지 않아도 상관없고."

싱긋 웃으면서 그렇게 말했다. 귀에 거슬리는 말투였지만 그래도 아키오는 안심했다. 왠지 사치와 순이치를 만나게 하고 싶지 않았기 때문이다.

딱히 어떤 여자를 섬에 데리고 온 적은 없었지만, 순이치는 말끝마다 많은 여성의 존재를 느끼게 했다. 패션 관계 일을 하는 연상의 아내가 있다고 했는데, 꾸며낸 이야기가 아닐까 싶을 정도로 순이치는 유부남 티가 나지 않는다. 순이치가 자주 오기 시작하자 한동안 그 소문이 사람들 입에 오르내렸다.

생각해보니 오래 전에 시게코도 결국 순이치에게 상처를 받고 울었던 것 같다. 분명히 중학교 2학년까지 두 사람은 사귀는 것 같았다. 하지만 3학년이 되면서 순이치의 여자 친구는 한둘이 아니게 되었다. 중학생이 된 뒤 점차 여자다워지고 더욱 예뻐지는 시게코를 보며 아키오는 여전히 가끔씩 가슴을 태우곤 했다. 하지만 그녀를 대하는 순이치의 태도는 쌀쌀맞게 변했고 나중에는 눈길도 주지 않았다.

순이치는 이마에 땀이 나는지 재킷을 벗으면서 말했다.

"오늘 부락 집회가 있지? 나도 참가할 생각인데 너도 이제 동의해줬으면 좋겠다."

아키오는 대답을 하지 않았다.

부락에서 리조트 개발에 반대하는 세대는 이제 열 세대만 남았다. 지난번 집회에서 다섯 세대가 찬성으로 돌아섰다. 부락장과 마을 의회 등 지역 유지들의 끈질긴 설득이 효과를 발휘한 것이다.

섬은 오랫동안 계속되어온 재정난 탓에 거의 구제받을 길이 없는 상태로 몰리고 있었다. 섬 내에는 위락시설이나 종합체육관 등 크게 쓸모도 없는 훌륭한 마을 시설이 있다. 10년 전에, 나라가 제창하는 '젊은이 정착촉진사업'의 일환으로 전액 빚을 내서 정비한 것이다. 그럼에도 불구하고 젊은이는 정착하지 않고, 시설은 방치되어 결국 빚만 남았다. 악화일로를 걷고 있는 재정 때문에 마을이 골머리를 앓고 있는 상황에서, 순이치의 회사가 리조트 계획을 제의해온 것이다.

마을로서는 지역 출신인 순이치가 구세주로 보였을 것이다. 순이치가 가지고 온 프로젝트는 그럴듯했다. 호화로운 시설만을 건설하는 게 아니다. 자가발전이며 오수, 쓰레기처리 등의 환경시스템, 섬의 농작물 이용 등, 전국 최초의 생태계 보호형 리조트를 목표로 하고 있다고 한다. 마을로서는 재원이 증가할 뿐 아니라 지역의 고용촉진, 관광의 활성화 등 나쁠 게 하나도 없었다. 마을 의회에서는 거의 전원일치로 리조트 개발사업의 유치가 결정되었다.

한시라도 빨리 사업을 추진하고 싶은 마을은 남은 반대파를 어떻게든 끌어들일 필요가 있었다. 순이치의 회사 입장에서 보면 개발 후보지는 이곳 말고도 얼마든지 있을 것이다. 빨리 결정하지 않으면 백지화되어버리는 사태도 벌어질 수 있다. 부락 단위의 집회는 날이 갈수록 빈도가 늘어 이제 열흘에 한 번 꼴로 열린다.

아키오는 명확한 이유도 없이 이전을 거부하고 있기 때문에 추진파는 조바심을 내고 있는 것 같았다. 2주 정도 전에는 부락장이 집까지 찾아와서 장황하게 설교도 하고 갔다.

"아키오 군, 이참에 분명하게 말하지. 자네가 반대하는 바람에 부락 모든 사람이 힘들어하잖나. 자네처럼 선조 대대로 살아온 집을 떠나자니 내키지 않는 것도 이해를 못하는 건 아니네. 하지만 섬의 발전을 생각해서 다들 양보를 하고 있는 걸세. 섬 주민으로서 자네도 다른 사람들처럼 참을 건 참아야 하지 않겠나."

부락장과는 오래 전부터 아는 사이지만 이런 식으로 설교를 듣기는 처음이었다. 아키오는 대꾸할 말이 없어 그때도 오로지 침묵만 지켰다.

순이치는 툇마루에 있던 부채를 집어 바람을 일으키면서 으르렁거리는 카후를 힐끗 보았다.

"이 개는 나랑은 정말 친해지지가 않는군. 여자들이랑 친해지는 데는 내가 선수인데."

자기가 한 말에 혼자 웃더니 아키오를 흘낏 쳐다본다.

"너, 지난번에 여기서 전통주 마실 때 취해서 나한테 했던 말 기억나냐?"

아키오는 이상하다는 듯 순이치를 돌아보았다.

"내가? 뭐라고 했는데?"

"장가갈 거라고 했어."

뜨끔했다. 전혀 기억이 나지 않는다.

"무슨 작정이 있어서 그런 말을 하나 궁금했는데 이제 보니 알겠는걸. 미인에다 일 잘하는 신붓감이 있었군."

아키오는 정색을 하고 말했다.

"저 사람은 그런 사람 아니야. 오키나와에 여행 왔다가 돈이 떨어져서 우연히 우리 집 앞에서 만난 사람이야. 그리고 당분간 묵게 해주는 대신 일을 도와주고 있는 거라고."

"말은 그럴싸하군."

"아니라니까!"

당황하는 아키오를 보며 순이치는 재미있어하는 얼굴이었다.

"좋은 기회잖아. 얌전한 미인이 제 발로 걸어 들어왔는데.

이참에 살림을 차려."

아키오는 순간 몸이 굳어졌다. 이럴 때는 어머니가 가르쳐준 주문을 떠올린다. 아키오는 속으로 셋을 헤아렸다.

순이치는 은근히 친한 목소리로 계속했다.

"이봐, 진지하게 생각이라는 걸 좀 해봐. 상대가 누구든 가정을 꾸려보는 것도 나쁘지 않을 것 같은데. 이런 판잣집이 아니고 새집을 지어준다는데 뭘 망설여. 내가 회사를 설득해서 토지 평가액보다 훨씬 비싼 토지건물을 확보해 주겠다니까."

아키오는 땅바닥만 보며 얼른 대답하지 못하다가 이윽고 조용히 입을 열었다.

"부탁이 있는데."

순이치는 솔깃해서 몸을 내밀었다.

"뭔데. 말해 봐."

아키오는 얼굴을 들고 순이치를 똑바로 쳐다보았다.

"이야기는 언제든지 할게. 단 여기가 아닌 다른 곳에서. 할머니도 좋은 얼굴을 하지 않고 카후도 짖어대니까."

'절대로 사치를 이 녀석 눈에 띄게 해서는 안 된다.'

아키오는 그렇게 결심했다.

그날 밤 집회가 끝난 후, 마을회관 입구에서 아키오를 부르는 목소리가 들렸다. 돌아다보니 다나카 쇼지였다.

"엄청나게 불리한 형세가 됐네요. 아키오 씨, 앞으로 어떻게 할 겁니까?"

오늘 집회에서 다시 다섯 세대가 찬성으로 돌아섰고, 결국 퇴거를 거부하는 사람은 드디어 다섯 세대가 남았다. 아키오, 뒷집 할머니, 해변에서 민박을 경영하는 히가 다쓰오, 그의 친척 치넨 다카아키, 그리고 다이빙 숍을 경영하는 다나카 쇼지다.

지금 사는 집을 떠나고 싶지 않은 이유는 다들 제각각이다. 할머니는 고령이라는 것과 오랫동안 기도를 바쳐온 집을 부수고 싶지 않다는 것이 이유다. 다쓰오는 대체지에서의 민박경영에 불안을 느낀다. 다카아키는 다쓰오의 사업을 돕고 있으니 그를 따를 수밖에 없다. 쇼지는 남쪽 해변의 환경보존을 위해 단호히 반대하고 있다.

"부락장은 다쓰오 씨와 다카아키 씨를 한 집으로 취급하고 있지. 그 두 사람은 한 배를 탄 운명이니까. 그들은 환경평가를 확실하게 해서 지속가능한 시설로 한다고 하지만, 나는 그 말을 도저히 믿을 수가 없어."

쇼지는 어두운 표정이다.

도쿄 출신인 쇼지는 5년 전에 신천지를 찾아 섬으로 이주했다. 취미였던 다이빙에 빠져, 다니던 직장을 그만두고 다이빙 숍을 시작하기 위해서였다. 무너져가는 해변가 식당을 사들여 가게로 개조했는데, 도쿄의 다이버들이 자주 찾아와 나름대로 장사는 되고 있었다. 남쪽 해변의 자연을 더없이 사랑하는 쇼지의 입장에서는 리조트 개발 따위는 당치도 않은 사업이었다. 다이버들에게서 반대서명을 모아 의회에도 제출했다. 반대파의 확고한 급선봉이다.

"아키오 씨, 결혼한다는 게 정말입니까?"

느닷없는 질문에 아키오는 또 당황한다.

"잠깐만! 누구한테 들었는데?"

"이미 소문이 쫙 돌았어요. 대단한 미인 약혼녀가 가게를 꾸려가고 있다고. 그래서 새집이 필요할 테니 이전을 승낙하는 것도 시간문제라고요. 그게 정말인가요?"

소문의 진원지는 순이치가 분명했다. 아키오는 순간 화가 났지만 얼른 웃으며 부정했다.

"소문이라는 건 참 무섭군. 나도 모르는 이야기가 살까지 붙어서 돌아오는 걸 보면."

소문의 미녀는 여행 온 사람이고 우연히 만나 숙식을 제공하면서 도와주기로 했다는 늘 하는 설명을 되풀이하자 쇼지의 불안해하던 얼굴이 갑자기 환해졌다.

"그래요? 그 여자 분이 바로 요즘 유행한다는 오키나와병에 걸린 사람이네요.”

“오키나와병?”

“도시에서 직장생활을 하는 아가씨가 스물일고여덟 정도 되면 무턱대고 오키나와로 여행을 가고 싶어 한대요. 그리고 그대로 어딘가에 눌러앉아 돌아가지 않는답니다. 우리 가게에서 아르바이트하는 준코도 전에 오카야마에서 간호사였어요. 여러 섬을 돌다가 결국 여기 눌러 앉았는걸요.”

“왜 하필 오키나와?”

“그게 수수께끼죠. 하지만 따지고 보면 나 역시 그랬으니까 이해가 가기도 해요. 아무 생각 안 해도 되고, 기후도 사람도 따뜻하고, 게다가 용한 신들이 사는 그런 데니까요.”

아키오는 자기도 모르게 웃었다.

“용한 신들이 산다라. 그거 재미있군.”

“에이, 왜 그러세요. 정말 있다던데요. 도쿄에는 없거든요.”

검게 그을은 동안이 풀어지며 뭐가 좋은지 싱글벙글이다.

“그러니까 무당 할머니가 움직이고 싶지 않다고 하는 건 당연한 거지요. 그 집을 부수면 벌 받아요.”

쇼지는 자못 진지했다. 아키오는 이 남자와 더불어 술이나 마시고 싶은 기분이 들었다. 쇼지는 집으로 가서 한 잔 하자는 아키오의 말에, 기다렸다는 듯 잽싸게 아키오의 라이트밴에 올라탔다. 사치는 할머니 집에서 열 시 정도까지 이야기에 빠져 있을 테니까 집에는 아무도 없을 것이다.

"어이, 카후! 잘 있었냐?"

쇼지의 집에는 카후와 한배에서 난 개가 두 마리나 자라고 있었다. 그래서인지 개를 능숙하게 잘 다룬다. 카후는 여기저기 쓰다듬어주자 아예 벌렁 누워 배까지 내놓고 좋아했다.

"이 개, 혹시 순이치 씨만 오면 짖지 않던가요?"

카후의 배를 쓰다듬으면서 쇼지가 물었다.

"왜 그러는지 그 친구만 오면 짖어댄다니까."

"역시나. 우리 개도 그렇거든요. 와타루 씨네 집의 어미개도 그렇대요."

두 사람은 동시에 소리 내서 웃었다.

쇼지는 리조트 개발이 초래하게 될 환경의 영향에 대해 놀랄 정도로 치밀하게 조사해놓고 있었다. 집회에서는 누구보다 열심히 남쪽 해변을 지키는 섬 주민의 의미를 역설했다. 그런 쇼지의 행동이 눈엣가시인 추진파들은 객지에서 온 사람이 주제넘게 나선다며 험담을 하고 심술도 부리는 모양이다. 최근에는 누군가 마당에 쓰레기를 던져놓기도 했고, 무언전화가 쉴 새 없이 걸려오기도 한다고 했다. 아키오는 적지 않게 충격을 받았다. 지금까지의 섬사람들이라면 그런 짓은 절대 하지 못했다. 작은 섬이기 때문에 너나없이 서로 도우며 살아가는 것이 당연했던 것이다. 다들 물욕에 눈이 멀어 있다. 아키오는 암담한 기분이 되었다.

"사실은 말입니다. 이런 말 하기는 좀 뭣하지만 며칠 전부터 저도 자꾸 마음이 약해지거든요."

쇼지는 소리를 낮추며 이야기를 시작했다.

초등학교 2학년인 쇼지의 아들 다쿠미가 학급에서 따돌림을 당하고 있는 모양이다. 처음에는 아무 눈치도 채지 못했는데 매일 몸 어딘가에 멍이 들어서 집에 왔다. 아이들끼리의 싸움이려니 하고 쇼지는 크게 마음 쓰지 않았다고 한다.

바로 이틀 전의 일이다. 다이빙 숍의 테라스에서 손님과 잡담을 하고 있는데, 방풍림 뒤로 난 마을길로 다쿠미가 비틀거리며 왔다. 가만히 보니까 맨발로 아스팔트를 걷고 있었다. 한여름의 아스팔트는 도저히 맨발로 걸을 수 있는 온도가 아니다. 쇼지는 놀라 캐물었지만 다쿠미는 아무 대답도 하지 않았다. 발바닥을 보니 아스팔트에 화상을 입어 물집이 잡혀 있었다. 이튿날은 걷지도 못한데다가 열까지 났다. 다쿠미는 완전히 생기를 잃은 것 같았다. 학교에 상담을 했지만 요령부득의 대답만 돌아왔다. 고열로 신음하는 아들 옆에 앉아 조용히 바라보고 있는데 아버지의 기척을 알아차린 다쿠미는 눈물을 줄줄 흘리며 고백을 하더라는 것이다.

"아빠, 미안해요. 아빠가 생일날 사준 나이키 운동화를 누가 가져갔어요. 나는 본토 출신이니까, 그리고 반대파니까 섬에서 나가라면서."

쇼지는 대꾸할 말을 찾지 못했다. 쇼지는 동요하고 있다는 걸 아들에게 들키지 않으려고 한동안 눈을 꼭 감고 충격이 가라앉기를 기다렸다. 그리고 나서 아들의 머리를 천천히 쓰다듬으며 물었다.

"섬이 싫으니? 나가서 살고 싶니? 네가 그러고 싶으면 그렇게 해도 돼."

다쿠미는 흐느끼면서 고개를 저었다.

"아니, 난 이 섬이 좋아요. 도쿄에는 가고 싶지 않아요. 여기 바다가 너무 좋은걸요. 아무데도 가고 싶지 않아요."

"용서할 수 없어!"

조용히 마주 앉은 두 사람 뒤에서 갑자기 목소리가 났다. 둘은 놀라서 동시에 돌아다보았다.

사치가 안방에 똑바로 앉아 툇마루의 두 사람을 노려보고 있었다. 쇼지는 얼른 일어섰다.

"앗, 죄송합니다. 방해를 했군요."

"그래서 어떻게 된 겁니까? 다쿠미는 아직 다 낫지 않은 건가요?"

사치의 목소리는 침착했다. 뒷집 할머니한테 가 있는 줄로만 알았는데 아마 손님방에 들어가 있었던 모양이다.

"아니, 그게… 오늘은 열이 좀 내려서. 그냥 아직 식욕이 없어서 그러니까…."

"신발은 찾았어요?"

"그건… 누가 훔쳐갔는지도 모르고 어디다 감췄는지도 몰라서…."

사치는 입을 꾹 다물고 쇼지를 빤히 쳐다보다가 이윽고 벌떡 일어나면서 말했다.

"가요!"

아키오와 쇼지는 얼굴을 마주보았다.

"가다니, 어디로…."

"어딘 어디예요, 신발 찾으러 가야죠. 지금 당장."

사치는 툇마루에서 마당으로 뛰어내리더니 아키오를 향해 손을 내밀었다.

"자동차 열쇠 좀 빌려줘요. 내가 갈 테니까."

아키오는 어안이 벙벙했다. 무슨 짐작 가는 데가 있어서 찾으러 간다는 걸까. 게다가 이렇게 늦은 밤에. 사치는 섬에서 운전해본 적도 없는데.

어떻게 반응해야 될지 몰라 아키오와 쇼지가 우물쭈물하고 있자, 사치는 크게 숨을 몰아쉬더니 힘껏 소리쳤다.

"이런 머저리들!"

두 사람은 자기도 모르게 고개를 움츠렸다.

"뭘 꾸물거리는 거예요! 자기 아들이 그렇게 괴로워하는데 지금 당장 찾아주지 못하고 뭣들 하는 거예요! 찾아야 해요! 그리고 내일은 당당하게 그 신발을 신고 학교에 가는 거라고요!"

사치는 쇼지를 향해 말했다.

"다쿠미의 자존심을 찾아줘야지요. 아버지라면 당연히 그래야 하는 거 아닌가요?"

쇼지는 대꾸할 말이 없었다. 사치는 크게 한숨을 내쉬었다.

"당신들이 그 아이의 마음을 나보다 훨씬 잘 알 거 아녜요! 남자앤데."

아키오가 머뭇거리며 물었다.

"하지만 대체 어디로 가야 찾을지….'

사치가 즉각 대꾸했다.

"그야 당연히 학교죠! 수업 중에 감췄으면 학교가 아니고 어디겠어요."

아키오의 뇌리에 문득 먼 옛날의 기억이 스쳤다.

'그래, 나도 예전에 실내화를 잃어버렸던 일이 있었지….'

"해홍두 나무 위가 아닐까?"

아키오가 중얼거렸다. 섬에는 초등학교가 하나밖에 없다. 모든 게 아키오가 다니던 시절 그대로였다. 지금도 뭔가를 감추려면 그 해홍두 나무가 안성맞춤일 것이다.

"그게 무슨 소리죠?"

사치가 즉각 되물었다.

"아니, 내가 초등학교 때 비슷한 일이 있었는데…. 학교에 해홍두 나무가 있어요. 실내화를 잃어버렸는데 그 나무 위에 숨겼더라고. 뭘 감추기에는 딱 좋은…."

"그럼 거기군요."

사치의 얼굴이 빛났다.

"아무튼 가요. 없으면 그 부근을 찾아보면 나오겠죠."

쇼지 쪽으로 돌아서며 생긋 웃어보였다.

"못 찾아도 좋아요. 찾아봤다는 사실이 중요한 거예요."

칠흑 같은 어둠 속에서 전조등 불빛에 하얗게 드러나는 마을 길을 라이트밴이 달리고 있었다. 초등학교에 도착하는데 10분도 걸리지 않았다.

문은 잠겨 있지 않아 쉽게 열렸다. 세 사람은 캄캄한 학교 안으로 손전등을 비추며 들어갔다.

부드러운 밤바람이 부는 가운데 해홍두 거목이 늠름하게 버티고 서 있었다. 사치가 앞장서서 나무로 다가갔다.

"와아."

위를 올려다보며 사치가 소리를 질렀다. 가지를 힘껏 뻗은 끝에는 은하수가 빛나는 밤하늘이 가득 펼쳐진다.

"이게… 해홍두 나무구나."

무성한 가지는 으리으리한 지붕 같았다. 사치는 둥글고 굵은 밑동을 손으로 만졌다. 그리고 그리운 사람과 재회라도 한 듯이 팔을 벌려 껴안았다.

학교에 들어와 느끼는 바람 냄새는 누구나 그리운 생각에 젖게 하는 모양이다. 사치의 뒷모습을 바라보는 중에 아키오의 가슴도 왠지 뭉클하게 아파왔다.

밑동 표면은 매끄러워서 쉽게 올라갈 수 있을 것 같지는 않았다. 아키오는 손전등으로 무성한 가지 사이를 꼼꼼하게 비춰 나갔다.

그러면서 어릴 때 이 나무에 딱 한 번 올라갔던 기억을 떠올렸다. 첫 가지는 생각보다 그다지 높지 않은 것 같았다. 키가 커져서 그렇게 느끼는 거겠지만 이 나무를 정복했다는 어린 시절의 자존심이 슬그머니 고개를 쳐든다.

"어쨌든 올라가 보는 게 어때요?"

사치의 독촉에 아키오는 아차 싶었다. 사다리를 갖고 오지 않은 것이다.

어릴 때는 개구리처럼 나무 밑동에 달려드는 아키오에게 순이치가 사다리를 갖다 주었다.

"네가 올라갈 수 있다는 걸 보여줘."

─ 친구가 분명 그렇게 말했었지.

어른이 되어서도 여전히 오른손은 별로 쓸모가 없다.

아키오가 당황하는 걸 눈치 챘는지 사치는 쇼지를 돌아보았다.

"다쿠미 아버님이 올라가지 그래요."

쇼지는 얼른 고개를 좌우로 흔들었다.

"아니, 저… 나는 사실… 고소공포증이라… 나무에 올라가는 건 좀….."

사치는 팔짱을 긴 채 꼼짝 않고 나무 위를 노려보더니 기가 막히다는 듯 중얼거렸다.

"젠장! 요즘 남자들은 믿을 데가 없어."

말이 끝나기가 무섭게 샌들을 벗어던지고 거목에 달려들었다.

남자들은 재빨리 달려가 사치의 허리와 등을 양옆에서 받쳐주었다. 발바닥을 쇼지의 손이 밀어올리고, 아키오의 머리를 발판 삼아 사치는 제일 아래 쪽 통나무 같은 굵은 가지에 손을 었더니 순식간에 올라갔다. 단 몇 초 만에 생긴 일이었다. 올려다보니까 사치는 굵은 가지 위에 엎드린 자세로 매달려서 상체를 조금씩 올리면서 주위를 돌아보고 있다.

사치는 주의 깊게 가지 사이를 응시하고 있다. 아키오는 사치가 이동하기 쉽도록 사치의 몸 주변을 손전등으로 비춰주었다.

나무 위로 올라간 사치의 모습은 한 마리의 아름다운 짐승 같았다. 유연한 몸이 가지 모양을 따라 부드럽게 휘어지는 모습은 마치 먹이를 노리는 암표범 같다. 반바지에서 뻗어 나온 날씬한 허벅지와 하얀 복사뼈가 사람 몸 굵기나 되는 굵은 가지에 착 달라붙어 있다. 맨발의 발가락 끝은 나무 표면을 잡고 안쪽으로 바짝 구부러져 있었다. 아키오는 이 세상 것이 아닌 뭔가를 보는 듯한 감미로운 느낌이 차오르는 것을 느꼈다.

"나를 비추면 어쩌자는 거예요! 가지 안쪽으로 더 깊숙이 비춰줘요."

사치의 목소리에 아키오는 얼른 손전등 방향을 바꿨다. 사치는 살금살금 나뭇가지 위를 포복 전진했다.

"있다!"

사치가 외쳤다.

"오른쪽 저 가지 사이에…."

아키오는 사치가 가리키는 곳으로 얼른 손전등을 비췄다. 하안 나이키 상표가 희미하게 보였다.

사치는 가지 위로 조금씩 움직여 운동화 쪽으로 다가갔다. 왼손으로 가지를 잡으면서 오른손을 힘껏 앞으로 뻗는다. 떨리는 손가락 끝이 몇 번 허공을 붙잡는다. 아키오와 쇼지는 숨을 죽이고 바라보았다.

손가락 끝이 조금 닿았다. 두 번, 세 번. 이윽고 끈으로 단단히 묶인 한 켤레의 운동화가 투욱, 하고 어두운 운동장에 떨어졌다.

쇼지가 달려가서 작은 운동화를 집어 들었다. 아들을 껴안듯이 그대로 가슴에 꼭 껴안는다.

"어때요. 했잖아요!"

가지 위에서 사치가 외쳤다. 쇼지는 나무 위를 쳐다보았다.

"고마워요."

목이 꽉 잠긴 쇼지의 목소리였다. 아키오의 가슴도 뭉클하게 뜨거워졌다.

"봐요. 굉장해요. 가지 사이로 별이 반짝이는 게 보여요. 손이 닿을 것 같아."

사치는 상체를 일으켜 밤하늘을 올려다본다.

무엇이 그렇게 마음에 들었는지 내려오려고 하질 않는다. 한껏 편안한 자세로 아아, 하며 힘껏 기지개를 켜더니 높은 곳의 가지에 매달려 있다.

‘저런 말괄량이 같으니라고.’

아키오와 쇼지는 기분 좋게 웃었다.

“내려 와요. 다쿠미한테 운동화 갖다 줘야죠.”

아키오가 말했다.

“아참 그렇지. 그럼 내려갈까.”

사치는 다시 엎드린 자세로 온몸을 큰 가지에 매달리듯 천천히 비틀면서 뒷걸음질하기 시작했다. 아키오와 쇼지는 밑동 가까이로 다가갔다.

가지에 양손을 걸치고 양다리를 밑동으로 쭉 내민다. 그대로 나무둥치를 껴안듯이 슬금슬금 내려오는가 싶더니 그 자세로 멈추고는 밑에 있는 사람들에게로 얼굴을 돌렸다.

‘어라, 혹시… 뛰어내릴 생각인가?’

아키오는 마른침을 꼴깍 삼켰다. 쇼지는 운동화를 땅바닥에 떨어뜨렸다. 두 남자는 자기도 모르게 동시에 양 팔을 내밀었다.

“잡아욧!”

말이 끝나기가 무섭게 사치는 거기서 뛰어내렸다. 양팔을 벌려 부웅, 어둠 속으로 날린 몸이 곧장 아키오의 가슴으로 떨어졌다.

스쳐가는 바람을 놓치지 않으려는 듯 아키오의 양팔이 사치의 등을 꽉 움켜잡았다.

두 사람은 그대로 땅바닥에 넘어졌다.

"어어! 괜찮아요?"

쇼지의 목소리가 멀리서 들렸다.

사치를 가슴에 꼭 껴안은 아키오의 눈앞으로는 저 멀리 하늘 위로 눈물 같은 별들이 끝없이 펼쳐지고 있었다.

8

저녁바람이 부드럽게 모래밭을 지나가는 시간. 여기저기 펼쳐져 있던 하얀 파라솔이 잇따라 접히는 것을 아키오는 혼자서 바라보고 있다.

학교가 여름방학에 접어드는 것과 동시에 남쪽 해변은 혼잡해지기 시작한다. 7월말부터 9월초까지는 해가 떠있는 동안 바닷가는 한적한 시간이 없다. 수박껍질 잔해며 불꽃놀이 파편이 산호 덩어리와 함께 해변으로 밀려올라오고 있다. 여름방학 기간 중에 쇼지의 가게와 해변을 따라 즐비한 민박을 도우러 오는 아르바이트 학생이 그런 잔해들을 주우며 돌아다니고 있다.

놀다 지친 사람들이 비치백에 타월이며 수영복을 쑤셔 넣고 집을 향해 떠난다. 그을은 피부의 젊은 연인과 가족들의 샌들을 신은 발이 모래에 푹푹 빠지면서 아키오 앞을 쉴 새 없이 지나간다.

초등학생 정도의 두 소년이 오늘 카후의 상대다. 몇 번이고 산호를 바다로 던지면서 좋아한다. 아이들과 개의 모습이 파란 실루엣이 되었다가 흐릿해질 무렵이 되어서야 어머니인 듯한 사람이 아이들을 데리러 왔다. 아이들은 돌아가고 싶지 않아 꾸물거리지만 곧이어 카후와 아키오에게 손을 흔들어주고 해변길을 나란히 걸어갔다.

요즘 들어 아키오는 저녁에 카후를 데리고 남쪽 해안까지 와서는 아예 애견의 놀이상대를 관광객에게 맡겨둔다. 특히 아이들이 잘 놀아주었다.

그리고 자기는 바다만 바라보고 있었다. 사실은 아무것도 눈에 들어오지 않았다.

사치.

오로지 그 생각만 하고 있었다.

나무에서 뛰어내리며 가슴에 덥석 안겨오던 그날부터 이상한 감정이 아키오를 지배하고 있었다. 자신의 품 안으로 뛰어내리던 사치의 감촉은 이렇게 앉아 있는 동안에도 생생하게 남아 있다. 그렇다고 그것을 현실의 것이라고는 생각할 수 없었다.

가볍고도 덧없는 육체.

달콤한 꽃향기가 나는 부드러운 머리칼이 아키오의 얼굴로 혹 끼쳐왔다.

아키오는 볼을 간질이던 그 감촉을 수도 없이 반추하는 것이었다.

7월 하순에 접어들면서 가게는 점점 더 바빠졌다. 아침 산책에서 돌아오면 즉시 사치도 가게로 나와 아키오를 돕기 시작했다. 해변에서 알게 된 사람인지 젊은 남자들이 친근하게 사치에게 말을 걸어오는 일이 몇 번이나 있었다. 아키오는 품목을 점검하는 척하며 짐짓 태연하려고 애썼지만, 내심으로는 공연히 불안해서 아무것도 손에 잡히지 않았다.

어느 날 산책에서 돌아온 사치가 가게로 나가자마자 뿌루퉁한 얼굴로 투덜거렸다.

"멋대로 비디오를 찍어갔어요. 정말 화나 죽겠어!"

무슨 일이냐고 물었더니, 카후와 장난치고 있는 사치를 망원렌즈로 촬영하는 남자가 있었다는 것이다. 몰래 찍는 것을 알아차린 사치는 남자를 불러 따졌다. 도쿄에서 온 아마추어 사진작가로 그림이 너무 아름다워 그냥 승낙도 받지 않고 찍어버렸다. 테이프를 돌려달라고 다그쳤지만 그것만은 양해해 달라고 싹싹 빌며 사과하는 바람에 허락하는 수밖에 없었다. 사치는 그 일로 속이 상했는지 그날 유난히 기분이 나빴다.

아키오도 남자의 무례함에 화가 났지만 한편으로는 그 남자의 마음을 알 것도 같았다.

사치는 너무나 눈에 띄게 아름다우니까.

이 섬 전체에서 유난히 눈에 띄는 사람이다.

아키오는 바다를 향해 크게 한숨을 내쉬었다.

아키오의 마음은 사치와 둘이 있을 때는 물론이고, 다른 누군가와 있어도 행복했고, 혼자가 되면 더욱 행복으로 가득했다. 요정 같았던 사치의 감촉을 떠올리고 가슴 속이 뜨거워졌다. 마치 다른 건 생각할 필요가 없어진 것처럼.

처음 아키오 앞에 나타나던 날 밤에 사치는 두 손을 모아 방바닥에 대고 고개를 숙이며 "오늘부터 신세를 지겠습니다."라고 말했다.

편지를 생각하면 '아내로 맞아달라.'는 작정으로 왔다고 여겨야 하는 걸까. 그러나 두 사람은 어느 누구도 그 이야기를 먼저 꺼내지 못했다.

아키오 입장에서는 그 이야기를 꺼낼 용기가 없었다. 그 편지는 그저 장난이었을 뿐, 조금이라도 정색하고 받아들이는 내색을 했다가는 당장이라도 사치가 어딘가로 사라져버릴 것 같았기 때문이다.

어느새 아키오 자신도 "여행 온 그녀와 우연히 마주쳐 숙식을 제공해주는 대신 가게 일을 도와주기로 했다."고 둘러댔던 자신의 말을 믿으려 하고 있었다.

섬에서 흔히 볼 수 있는 여름 동안의 아르바이트.

그들은 여름과 함께 섬에 들어왔다가 여름이 지나면 동시에 모습을 감춘다. 그것이 규칙이었다.

여름과 함께 온 사치도 머지않아 여름과 함께 가버리는 게 아닐까.

그렇게 생각하는 게 자연스러웠다.

'언젠가 분명 가버릴 것이다. 그러니까 쓸데없는 기대는 하지 말자.'며 자신을 타이르고 있었다.

아키오는 두려웠다.

그녀와 계속 같이 있고 싶어하는 또 다른 자신이 있다는 것이.

아키오가 카후를 데리고 남쪽 해변에서 돌아오니 툇마루에서 사치가 누군가를 대접하고 있었다.

해변에서 민박을 경영하는 히가 다쓰오였다. 반대파 다섯 세대 중 한 사람이다. 땅딸막한 체구가 툇마루를 차지하고 앉아, 치근덕거리는 것으로밖에 볼 수 없을 정도로 사치 옆에 바짝 붙어 앉아 있었다.

불청객은 아키오를 보더니 잠깐 도토리처럼 눈이 동그래지더니 얼른 만면에 웃음을 지어 보였다.

"아, 이거 미안허이. 주인 없는 집에 이렇게 와서…"

“다쓰오 씨, 지금 저녁식사 전이지요? 민박이 한참 바쁠 시간 아닌가요. 어쩐 일이십니까?”

아키오는 다쓰오와 나란히 툇마루에 앉았다. 일부러 자기가 없는 시간을 노리고 왔다는 속셈 정도는 아키오도 눈치로 알 수 있었다.

“그럼 저는 이만….”

사치는 다쓰오를 향해 고개를 약간 숙여 인사하고 벌떡 일어나 재빨리 손님방으로 사라졌다. 다쓰오는 그 뒷모습을 끈적한 눈길로 바라보다가 얼른 아키오를 보며 변죽 좋은 얼굴을 했다.

아키노는 경계를 감추지 않았다.

“무슨 볼일입니까?”

“아, 갑자기 뚱딴지같은 말로 들릴지도 모르겠지만, 자네 저 아이 급료는 얼마나 주고 있나?”

무례하기 짝이 없는 질문이다. 그 진의를 짐작할 수는 있었지만 짐짓 아무것도 모르는 척 한 박자 뜸을 들이고 나서 대답했다.

“아직 일을 시작한 지 한 달이 안 돼서…. 이제 줘야 하는데 그건 왜 묻습니까?”

동그란 얼굴로 싱글싱글 웃으며 다쓰오가 말했다.

“아, 그래. 단도직입적으로 말하겠네. 저 아이를 우리한테 트레이드 해주지 않겠나?”

“…트레이드?”

아키오는 그 말의 의미를 잘 몰라 놀라는 얼굴을 했다. 다쓰오는 혼자서만 고개를 끄덕이며 응, 응 하더니 빠른 어조로 말했다.

“아, 우리 민박에서 일을 좀 해줬으면 해서. 그 대신 우리 아르바이트를 자네 집에 보내겠네. 그리고 자네가 주는 급료의 두 배를 아가씨에게 주겠네. 그 대신 자네는 저 아가씨한테 주는 급료보다 적은 돈으로 우리 아르바이트 학생을 데려다 쓰면 어떨까 하는데. 아가씨한테도 방금 대충 이야기는 했네만.”

아키오는 어이가 없었다.

인심 쓴다는 얼굴로 싱글거리면서 다쓰오가 계속 말했다.

“아, 이제 솔직히 말하겠지만 어제 순이치랑 부락장이 찾아왔거든. 나는 서쪽 해변으로 이전하는데 동의했다네.”

아키오는 다시 놀랐다. 다쓰오는 지난주 집회에서 거대 리조트 호텔이 생기면 민박 손님을 모조리 빼앗길 거라며 기염을 토했던 장본인이었다. 그런데 그는 지금 마치 사람이 달라진 듯이 만면에 미소를 띠고 있지 않은가.

“이봐, 생각해 보게. 리조트가 생겨서 섬이 유명해지면 비싼 고급 호텔에 들어가지 못하는 손님도 생길 거란 말이지. 그러면 우리 민박의 요금을 조금 올려도 그 호텔에 비하면 싼 편이 겠지. 순이치가 새 민박의 첫해 매출을 차근차근 계산해봤어. 그랬더니 지금 두 배 정도가 되던걸.”

순이치다운 짓이다. 장밋빛 미래를 펼쳐 보이는 것이 그가 하는 일이다.

“그래서 말인데. 아예 지금부터 간판 구실을 할 아가씨를 고용해두면 고정손님이 늘지 않겠나. 그 아가씨 이야기는 들었네. 어쩌다 자네 집에 얹혀 지내는 처지에 불과한 거니까 아가씨도 좋은 조건에서 일하고 싶을 거 아닌가. 하지만 자네한테도 중요한 일손일 테니까 우리 아르바이트 학생과 교환하는 조건으로 트레이드하면 좋지 않을까 한다, 뭐 대충 그런 이야기를 했지.”

아키오는 자기도 모르는 사이에 무릎 위에서 주먹을 굳게 쥐고 있었다. 다쓰오는 좋은 사람인 척 하면서 뻔뻔스럽게 사치에게 그런 식으로 노골적인 제안을 했단 말이구나. 그리고 무엇보다 배후에서 일을 꾸며 부추기는 순이치의 교활함은 아키오의 상상을 초월했다.

아키오는 인내가 한계점에 이르는 것을 애써 참으며 가능한 침착한 목소리로 물었다.

“그래서 그녀는 뭐라고 하던가요.”

다쓰오의 얼굴이 씁쓸한 표정으로 바뀌었다.

"사양하겠습니다, 이러더군. 쌀쌀맞게."

아키오는 안도의 한숨을 내쉬었다. 동시에 사치에게 거절당하고도 다시 아키오에게 교섭을 해오는 뻔뻔함에 대해 새로운 분노가 치밀었다.

다쓰오는 아키오의 감정을 알 턱이 없는지 싱글거리며 일어섰다.

"오늘은 이만 실례하겠네. 하지만 자네도 집안형편을 생각하면 싼 아르바이트를 고용하는 게 좋을 거야. 잘 생각해 봐."

아키오는 잠자코 고개를 숙였다.

다쓰오는 자신의 민박에서 일하는 아르바이트 여학생에게까지 집적거린다는 소문도 있었다. 사치에 대한 관심은 아르바이트로 빼내가는 것 이상의 흑심이 있을 것이다. 아키오가 당연히 거절할 줄 알면서 굳이 다쓰오를 찾아가 부추기는 행태를 보면, 순이치의 심술이라고밖에 생각할 수 없었다.

다쓰오는 "자, 그럼."하며 문 앞까지 가다가 "아, 참."하며 돌아섰다.

"계획에 동의하지 않는 사람은 이제 쇼지네랑 무당 노인네, 그리고 자네뿐이야. 반대자가 세 명밖에 남아 있지 않다는 것은 조만간 착공할 수 있다는 거겠지. 쓸데없는 참견인지 모르지만 좋은 조건을 제시할 때 동의하지 않았다간 손해 볼걸.”

두세 걸음 가다가 “아, 참.”하며 다쓰오가 다시 돌아섰다.

“나는 그 아가씨를 전에 어딘가에서 본 적이 있어.”

아키오는 놀라는 얼굴을 했다.

“언제요? 어디서….”

잘못 봤겠지, 하면서도 말끝이 목구멍에서 탁 걸렸다.

다쓰오는 으음, 하며 팔짱을 꼈다.

“그러니까 그게, 언제였더라…. 어디서 봤는지는 잘 생각이
나지 않지만, 저런 미인을 잊기가 어디 쉬워야 말이지. 뭐 그
런 거야 아무러면 어떤가.”

다시 한 번 씨익 웃더니 어둠 속으로 사라졌다.

그날 밤 할머니 집에서 돌아온 아키오는 손님방으로 들어가
려는 사치를 불러 세웠다. 아키오는 사치와 불단 앞 밥상을 사
이에 두고 마주 앉아 갈색 봉투를 내밀었다. 사치는 이상한 얼
굴로 바라보았다.

“이게 뭐죠?”

아키오는 대답 대신 봉투를 든 왼손을 내밀며 정중하게 받아
달라는 몸짓을 했다. 사치는 의심스러운 표정으로 조심조심 봉
투를 열어보았다. 만 엔짜리 열다섯 장이 들어 있다. 사치는

깜짝 놀라며 아키오를 본다.

"얼마 안 되지만 이달치 월급…."

얼마 안 되기는커녕 그로서는 상당히 무리를 한 액수였다.

사치는 아무 말도 하지 않고 있다가 이윽고 작은 목소리로 말했다.

"필요 없어요."

"그렇게 열심히 도와주었는데, 정말 얼마 안 되지만…."

"필요 없다니까요."

사양한다기보다는 거부에 가까웠다. 사치는 상 위의 봉투를 아키오 쪽으로 밀어냈다.

"그런 생각으로 있는 거 아니에요. 난 음식도 청소도 빨래도 아무것도 안 했고."

"하지만 가게 일도 도와주고…."

"점원이 되기 위해서 여기 온 게 아닌걸요."

순간 공기가 정지했다. 사치의 커다란 눈이 아키오를 바라보고 있었다. 그 눈은 당장이라도 눈물이 넘칠 것처럼 글썽이고 있었다. 아키오는 순간 숨이 멎는 것 같았다.

툇마루에 고개를 얹어놓은 카후의 킁, 하는 콧소리가 들렸다.

사치는 눈을 돌리더니 고개를 숙이고 일어섰다.

"안녕히 주무세요."

속삭이듯이 한마디 하고는 손님방으로 들어갔다.

아키오는 상 위의 봉투를 바라보며 팔짱을 끼고 있다가, 갑자기 생각난 듯이 불단 옆에 밀어놓은 재떨이를 잡아당겼다.

재떨이 안에는 핀으로 집어놓은 담뱃갑이 그대로 들어 있었다. '금연'이라고 쓴 메모를 빼내고 그 뒷면에 '생활비'라고 써서 나비 모양의 머리핀에 봉투를 꽂아놓았다.

그것을 들고 부엌과 툇마루를 한동안 오락가락하다가 세면대 거울 앞에 살짝 놓았다.

다음날 아침 이를 닦으려고 칫솔과 치약을 집으려는데, 거기에 나비가 앉아 있었다.

'OK!!'라는 메모가 꽂혀 있다.

아키오는 치약을 쥔 채로 잠시 꼼짝도 하지 않았다.

8월에 접어들면 오키나와의 달력에는 음력 칠석이 있고 중순쯤에는 '보름'이라 불리는 오봉(우란분재, 우리의 추석 같은 명절 역자)이 찾아온다. 최대의 연중행사를 맞이하기 위해 섬 전체가 부산해지는 시기다.

셔터를 내리고 나서 안방 쪽으로 돌아가려는 사치를 아키오가 뒤에서 불렀다.

"오늘은 산책하러 가지 않을 테니까."

사치가 돌아다보고 이상하다는 듯 되묻는다.

"아니, 왜요?"

"좋은 데 가려고요."

사치는 갑자기 들떠서 묻는다.

"정말? 어디 가는데요?"

둘이서 안방으로 돌아와 보니 툇마루에 등을 잔뜩 구부린 할머니가 우두커니 앉아 있다. 사치는 반가워 소리쳤다.

"어머! 할머니. 오늘은 여길 다 오시고, 무슨 일이에요?"

할머니는 사치를 보자마자 일어서더니 흐흠, 하고 외면했다.

"내가 오시라고 했어요."

아키오가 대신 대답했다.

"지금부터 산소 청소를 하러 가는 거예요. 오늘은 음력 칠석 날이기 때문에 산소 주변을 정갈하게 해놓고 조상님 맞이할 준비를 해야 하거든요."

"그 작은 집 말이군요."

사치는 흥미진진한 얼굴이다. 섬의 전통행사에 얽힌 이야기를 좋아해서 늘 할머니를 졸라대는 사치다. 그런데 지금 그 행사가 벌어진다고 하니 좋아서 어쩔 줄을 모르는 게 당연하다.

"할머니도 같이 가시는 건가요?"

"할머니한테는 안내 기도를 부탁하는 거예요."

“안내라니?”

“조상님들이 길을 잘못 들어 남의 산소로 가시면 큰일이잖아요. 정확하게 우리 산소로 찾아오시라고 안내 기도를 해주시는 거예요.”

와아! 사치가 눈을 빛내며 외쳤다.

“나도 같이 가도 돼요?”

“물론.”

아키오가 준비를 하는 옆에서 사치는 기다리기가 지루했는지 할머니에게 이것저것 질문공세를 퍼붓고 있다. 할머니 역시 무심한 척하면서도 차근차근 설명해준다. 아키오는 혼자서 미소를 지었다. 마치 소풍을 가는 아이들 같다. 산책을 나가나 싶어 카후도 덩달아 이리 뛰고 저리 뛰고 신이 났다.

아키오의 라이트밴 조수석에 할머니가 힘겹게 올라탔다. 뒷좌석에 사치와 카후도 탔다.

라이트밴은 오후의 강한 햇살을 받으며 언덕 위를 향해 시골길을 달렸다.

남쪽 해변을 멀리 바라보는 언덕 한 모퉁이에 선산이 있다. 언덕 깊숙이 나무들이 울창한 주변에 도모요세 가의 산소가 있었다. 섬의 묘는 본토의 묘와는 비교가 되지 않을 정도로 크다. 묘라기보다 무슨 기념비 같다. 사치의 표현대로 ‘작은 집’이라고 해도 좋을 정도다. 귀갑 모양의 동그란 지붕을 얹은 오두막 같은 묘실이 있고 그 앞을 빙 둘러 낮은 울타리가 에워싸고 사방 3미터 정도의 앞마당 같은 공간이 있다. 세 사람은 시원한 산소 앞마당으로 들어섰다.

할머니가 정면 가운데 있는 묘실로 다가가 합장을 하고 주문 같은 말을 읊조리기 시작했다.

나마카라 우하카누 소지 사위토 무난주라쿠 아라치 퀸헤리.

(지금부터 산소 청소를 할 테니 지켜봐 주십시오.)

뒤에서 아키오가 쪼그리고 앉아 합장을 하자 사치도 따라서 손을 모았다.

그리고 나서 세 사람은 빗자루를 들고 마당과 무덤 주변을 정성스레 청소했다.

손을 움직이면서 얼마 전 그랬듯이 아키오가 묘에 얽힌 강의를 더듬더듬 시작하는데, 보다 못한 할머니가 옆에서 끼어들었다. 처음으로 자진해서 가르치려고 나서는 할머니 모습에 아키오와 사치는 살며시 얼굴을 마주 보며 미소를 지었다.

할머니는 옛날 이 주변의 풍습이었던 세골(洗骨) 의식이며 '이별의 놀이'에 대해 이야기해주었다. 죽은 자를 애도하고 죽어서도 또 같이 놀아보자는 '이별의 놀이' 풍습에 사치는 특별히 흥미를 보였다.

"아주 옛날에는 죽은 사람이 묘 안에서 나와 이 마당에 앉곤 했느니라. 입에 술을 머금고 '같이 놀자'하면 산신(三線)을 켜서 위로해주었지."

대나무 빗자루를 들고 똑같은 리듬으로 움직이며 사치가 물었다.

"죽은 사람이랑 놀았다고요?"

할머니는 고개를 끄덕했다.

"우리 큰아들도 그랬는걸."

대나무 빗자루를 움직이는 사치의 손놀림이 갑자가 멈췄다. 할머니는 더 이상 말해주지 않았다.

사치는 묘실 쪽을 돌아다보았다.

저 작은 문 앞에 죽은 이를 앉게 한다. 그것을 에워싸고 친지들이 눈물을 거두려고 산신을 연주하며 신나게 노래하고 춤을 춘다.

본 적은 없지만 아키오의 가슴에도 그 순간의 모습이 떠오르는 것 같았다. 따뜻하고도 슬픈 영원한 이별의 장면이었다.

"옛날에 죽은 사람은 행복한 거네."

사치가 불쑥 말했다. 그리고 나서는 무심하게 빗자루를 움직였다.

한바탕 청소가 끝나자 할머니는 향 열두 개와 종이 장식, 술을 묘실 앞에 차렸다.

시치구치네 쿠마가 히키치리에 얀케 멘소에 퀸헤리.
(오봉을 맞아 우리 집에 와주십시오.)

숲 속은 파르스름한 어둠으로 차오르고 있었다. 아키오와 사치는 낮은 중얼거림 같은 할머니의 기도 소리를 들으며 말없이 고개를 숙이고 있었다. 그런데 도중에 사치가 고개를 들었다. 할머니의 뒷모습을 바라보는 것 같았다.

세 사람이 차로 돌아왔을 무렵에는 주변이 완전히 캄캄해져 있었다. 뒷좌석에서 카후의 목을 감싸 안은 사치는 차창 밖으로 흘러가는 풍경을 멍하니 바라보고 있었다. 올 때는 차안에서 흥분을 감추지 못하고 신이 나 있더니 지금은 어딘가 쓸쓸한 옆모습이다. 그 모습을 백미러로 바라본 아키오는 일부러 밝은 목소리로 말을 걸었다.

"심각한 얼굴이네. 왜 그래요."

사치는 백미러 너머로 희미하게 웃어보였다.

“부럽다는 생각이 들어서요.”

“뭐가.”

거울 속의 사치가 시선을 피한다.

“무덤에 들어가 있는 사람. 죽고 나서도 그렇게 다들 위해주는 걸 보니까.”

아키오는 말없이 웃었다.

“그럼, 조상님들은 세월이 아무리 흘러도 가족이죠.”

“누가 들어가 있어요?”

“문중이라고 해서 아버지쪽 친족들을 모신 곳이에요. 우리 아버지도 내가 초등학교 때 돈 벌러 나갔다가 바다에서 사고를 당해 돌아가셨거든요.”

한동안 침묵이 이어졌다. 좀 지나서 생각에 골몰해 있던 사치가 물었다.

“어머니는?”

아키오는 그러고 보니 가족에 대해서는 사치와 아무 이야기도 하지 않았다는 생각이 들었다. 사치의 과거를 절대 묻지 않겠다고 결심했기 때문에 자신에 대해서도 이야기를 하지 않은 것이다.

“어머니는 아버지가 돌아가신 후 내가 초등학교 5학년 때 어딘가로 가버렸어요. 집을 나간 이유는 모르지만 그 뒤로 연락도 없고. 그때부터 어른이 될 때까지는 친할머니가 나를 보살펴줬는데, 할머니도 7년 전에 돌아가셔서 저 묘에 들어가셨어요.”

다시 침묵이 찾아왔다. 자동차 엔진소리만 유난히 크게 들린다. 언덕을 다 내려온 곳에서 신호에 걸려 차가 서자 사치가 기어들어가는 목소리로 말했다.

“어머니는 어딘가에 잘 계시겠지요?”

이상하게 조심스러운 사치의 태도에 아키오는 왠지 우스워졌다.

“글쎄… 알 수 없지. 하지만….”

신호가 푸른색으로 바꿨다. 액셀을 밟으면서 아키오가 가능한 밝은 목소리로 말했다.

“잘 있었으면 좋겠는데.”

사치는 그 말에는 대꾸하지 않은 채 고개를 푹 숙이고 카후의 목을 꼭 끌어안았다.

오봉 일주일 전부터는 섬 전체가 들떠 있는 분위기다. 조상님들을 맞이하기 위해 누구나 준비에 바쁘다. 섬 밖에서도 친척과 그 자녀들이 찾아와 거리를 오가는 사람도 많아지고 아키오의 가게도 전에 없이 분주해졌다.

가게 진열 선반에도 종이로 만든 돈, 여러 가지 향, 작은 북 등 명절 제수용품으로 채워졌다. 사치는 물건들을 하나하나 집어 들고 아키오에게 물어보곤 한다. 아키오는 질문마다 일손을 멈추고 물건에 얽힌 이야기를 차근차근 들려주었다. 사치는 눈을 빛내고 고개를 끄덕거리면서 열심히 들었다.

'맞이(운케)' 행사는 7월 초하루. 조상님이 집에 오시는 중요한 날이다. 아키오가 불단을 깨끗이 청소하는 것을 사치도 돕는다. 조상님들이 사용할 지팡이를 대신한 긴 사탕수수, 짧게 자른 사탕수수 열여덟 개, 과일 등을 불단 주위에 장식한다. 오후에는 할머니가 '맞이'용 밥과 '맞이'용 완자, 나물이며 생선 구운 것을 가지고 와서 불단에 바친다. 자기도 모르게 손을 대려다가 할머니한테 야단을 맞고 사치는 얼른 고개를 쏙 집어넣는다. 아키오가 그 모습을 보며 웃고 사치도 장난스럽게 웃는다.

해가 저물어도 여전히 하늘도 바다도 따뜻하고 밝은 빛에 가득 차 있었다. 마을 여기저기 집집마다 문 앞에 하나둘 촛불을 손에 든 사람들이 나타났다. 혹시라도 조상님이 다른 집으로 잘못 찾아가시지 않도록 문 앞을 밝게 비추는 것이다. 아키오와 사치도 촛불을 켜들고 문 앞으로 나왔다.

바다로 이어지는 길이 오늘따라 아련한 꿈속처럼 보인다. 누구나 조용하게 기도를 바치고 있다. 따뜻한 불빛이 짙은 보랏빛 저녁 어둠 속에서 호흡하듯이 깜빡이고 있다.

아키오는 문 앞에다 향 열두 개를 피웠다. 서풍이 불어와 연기를 잔잔하게 흩날리고 있다.

"운케— 사비라(모시겠습니다)."

아키오가 조상님을 맞이하는 기도를 외치자,

"운케— 사비라."

사치도 따라서 중얼거렸다.

두 사람은 한동안 촛불을 들고 그렇게 서 있었다.

그러다가 주위가 완전히 어둠에 가라앉자 집 앞의 길을 따라 촛불 빛만 흔들리고 있었다. 문 앞으로 나와 있던 사람들은 불을 켠 초를 그 자리에 놓아두고 집 안으로 들어간다. 아키오의 눈에는 드디어 집으로 오신 반가운 영혼과 함께 문으로 들어가는 것처럼 보였다.

"이제 들어갑시다."

아키오는 마당을 향해 돌아섰다.

"다들 길을 잃지 않고 잘 오셨을까요?"

사치가 중얼거렸다.

"그럼, 오셨죠."

아키오가 조용히 대답했다.

"알 수 있어요?"

"응, 알죠."

갑자기 사치가 손을 내밀어 아키오의 오른손을 만졌다. 아키오는 놀라 얼른 그 손을 빼냈다.

사치의 손은 그대로 갈 곳을 잃고 허공만 잡았다.

아키오는 고개를 숙이고 오른손을 반바지 주머니에 쑤셔넣었다.

주위는 조용하다. 소리도 없이 바람이 산들거리고 있다.

이윽고 사치의 속삭이는 듯한 목소리가 들렸다.

"나의, 그 아이도?"

아키오는 얼굴을 들고 사치의 옆얼굴을 보았다. 하얀 볼을 타고 흐르는 한 줄기 눈물이 사치의 오른손에 든 촛불에 희미하게 반짝였다.

조금 센 바람이 불어와 불꽃을 훅, 꺼버렸다.

아키오는 얼굴을 돌리고 눈을 감았다.

방금 들은 사치의 말에, 처음 본 그녀의 눈물에, 아키오의 마음은 어찌할 바를 모르고 당황하고 있었다. 그녀의 마음을 이해하지 못해서 그러는 건 아니다.

이해하고 싶어서 당황스러운 것이다.

아키오는 속으로 셋을 헤아렸다.

하나

둘

셋

눈물을 닦으려는 사치의 가는 손가락을 이번에는 아키오의 오른손이 잡았다. 두 손이 부드러운 어둠 속에서 굳게 하나로 뭉쳤다.

사치가 던진 질문에 아키오는 따뜻한 목소리로 천천히 해답했다.

"지금, 여기 와 있을 거예요."

길가의 촛불이 출렁이며 빛나다가 바닷바람에 하나둘 꺼져 가고 있었다.

9

아침부터 거세게 부는 남풍에는 비가 올 낌새가 있었다.

할머니는 무겁게 짓눌린 구름 아래 열 시 페리를 타고 본토로 나갔다. 아키오의 기분이 개운치 않은 것은 다가오는 비 때문만은 아니다.

할머니의 외출에는 순이치의 어머니가 동행하고 있다. 할머니는 순이치의 어머니에게 오키나와 본도에 있는 성지 우타키에 같이 가달라는 부탁을 받았던 것이다.

"내 다녀오마."

집을 나서면서 할머니는 울타리 너머로 얼굴을 보이더니 하늘을 걱정하면서 빨래를 너는 아키오에게 아는 척을 했다.

아키오의 집과 할머니 집 사이의 길에 순이치 아버지의 승용차가 서 있다. 할머니가 조수석에 타자 차는 즉시 출발했다.

아키오가 뭐라고 인사를 건넬 틈조차 없었다.

순이치의 어머니는 최근 몸이 좋지 않았는데, 뭔가 조상으로부터 '기별'이라도 있지 않을까 싶어 요즘 들어 할머니를 자주 찾아와 상담을 하곤 했다. 할머니와 이런저런 상담을 하던 중에 순이치가 나하에서 사온 산신이 우타키에서 나는 느티나무를 이용해서 만든 것임을 알았다. 우타키의 물건을 갖고 나오면 특히 끔찍한 재앙이 있다고 하는 모양이다. 그래서 악기를 갖고 순이치와 함께 우타키에 빌러 가고 싶다며 할머니에게 물길 안내를 의뢰한 것이다. 순이치는 먼저 현지에 가서 기다리고 있다고 한다.

아키오는 그 이야기를 듣고 불길한 예감이 들었다.

순이치의 집은 그다지 신심이 깊은 편도 아니고, 무당에게 무슨 액막이 따위를 상담하러 오는 일조차 없었다. 한시라도 빨리 퇴거에 동의하게 만들고 싶은 순이치가 정공법으로는 꿈쩍도 하지 않는 할머니를 어떻게든 구워삶으려고 이것저것 궁리를 할 것이 분명하다. 아키오는 동행을 말리고 싶었지만 어려운 사람의 부탁을 거절할 할머니가 아니라는 것은 알고 있었다.

어제 저녁식사 때 "내일 우타키에 다녀온다."는 말만 들은 사치는 할머니가 집을 비우고 내일까지 오지 않는다는 것을 알고 적지 않게 실망하는 것 같았다.

"저녁밥은 어떻게 하지? 할머니가 안 계시면 컵라면으로 저녁을 먹어야 하나?"

할머니가 해주는 저녁밥 말고는 먹고 싶지 않은 모양이다. 아키오 역시 자기가 만드는 음식은 사치가 맛있게 먹어주지 않을 것 같다는 생각이 들었다.

외식하러 나가자고 해볼까.

갑자기 기발한 생각을 해낸 아키오는 괜히 안절부절 못했다.

섬에는 세련된 레스토랑 따위가 있을 턱이 없었고, 페리 터미널 빌딩에 있는 관광객을 위한 패밀리 레스토랑 정도가 고작이다. 그런 곳에 가자고 하는 것은 촌스럽다는 것도 알고 있다. 하지만 달리 선택의 여지가 없다. 사치가 가게에 나가 있는 동안 몰래 전화로 예약을 해두었다. 레스토랑에 예약이라는 것 자체가 그렇게 흔한 일도 아니다. 지금까지 둘이서 같이 외출한 일도 없었기 때문에 막상 외식에 초대하려니까 데이트신청을 하는 기분이다. 뭐라고 초대를 하면 되는지도 모르겠고 이런 일에는 도무지 젬병인 아키오였다.

'괜찮아. 지난번에도 잠깐이지만 손을 잡았잖아. 그때 했던 것처럼….'

낮잠 시간이 지난 뒤에 손님이 뜸한 틈을 노렸다가 계산대

앞에 앉아 있는 사치의 옆에 가서 섰다. 그리고 머리를 긁적이면서 더듬더듬 말을 걸었다.

"저… 괜찮으면 오늘 저녁에 그 뭐냐… 외식하지 않을래요?"

사치는 잠시 아키오의 눈을 빤히 바라보더니 생긋 웃으며 말했다.

"기꺼이!"

사치의 얼굴이 환하게 상기되는 것 같았다.

가게 문을 닫고 처음 만났을 때 입었던 원피스 차림으로 사치가 나타났다. 머리는 풀어내리고 입술에는 살짝 립글로스를 발라 반짝거린다. 그것만으로도 한숨이 절로 나오게 아름다웠다. 아키오는 똑바로 쳐다보지도 못한 채, 자신도 서둘러 좀 나은 티셔츠로 갈아입었다.

아키오는 라이트밴까지 뛰어가서 조수석 문을 열었다. 사치는 차에 타면서 일부러 아키오에게 손을 맡겼다. 아키오의 손은 긴장으로 촉촉하게 땀이 나 있었다.

"후후, 공주가 된 것 같아."

사치는 간지러운 듯 웃었다.

터미널 빌딩 1층에 있는 레스토랑은 관광객으로 가득 차 있었다. 그 한가운데를 상쾌하게 가로지르는 하얀 원피스 차림의 사치에게로 가게 안의 모든 시선이 집중되는 것을 알 수 있었다. 아키오는 숨겨두었던 보물을 자랑하는 것처럼 약간 우쭐한 기분이 되었다.

둘은 맥주와 돼지 족발, 구루쿤(오키나와 특산 생선 역자) 회 한 접시, 소면 참플을 주문했다.

레스토랑 한복판에 설치된 텔레비전에서 일기예보가 나오고 있었다. 태풍이 미나미다이토 섬에 접근하고 있고 모레쯤 오키나와 본도에 상륙할 것 같다고 한다.

"할머니는 괜찮으실까요. 내일 돌아오시죠?"

사치가 텔레비전을 보면서 말했다. 그리고는 커다란 맥주잔에 든 맥주를 단숨에 반 정도를 마셨다.

지난번 명절 모임에서 알게 된 것이지만 사치는 술이 상당히 세다.

'맞이' 의식 이틀 후에는 '배웅'이라고 하여 조상님을 보내는 행사가 있었다. 이때는 친척들이 저마다 음식을 한 가지씩 해 가지고 모이는 것이 관례다. 도모요세 가에서도 점심 전에는 타지에 나가 있던 숙부, 숙모, 사촌과 그 아이들이 왁자지껄 모여들었다. 숙모들이 부엌에서 일을 했는데 사치도 이때만큼은 필사적으로 도왔다.

"사치 씨, 그 떡 바구니 좀 내다 놓을래요?"

“예에!”

“사치 씨, 이것도 부탁해요.”

“예, 알았어요.”

“이것도. 사치 씨, 저기 병따개 좀.”

“앗. 예, 갑니다.”

평소의 게으름은 어디로 갔는지, 사치는 웃는 얼굴로 부지런히 움직였다. 부엌과 안방을 오가며 숙모나 사촌들, 그 며느리들과 친해졌다.

“저 아가씨, 아르바이트라고 했던가. 굉장히 참한걸. 이참에 색시로 맞아들이는 게 어때?”

술잔을 주고받으면서 숙부와 사촌들은 다들 아키오를 부추겼다. 사치는 여기저기 술잔을 들고 다니면서 주는 대로 꼬박꼬박 다 받아 마셨다. 그래도 안색 하나 변하지 않는다.

“굉장한 미인인걸. 게다가 여기저기 돌아다니면서 많이 마셨는데도 아무렇지도 않네.”

숙부들이 더 좋아했다. 누가 먼저 사치를 취하게 하나 보자며 자꾸 술을 부어주자, 고등학교 시절 아키오를 보살펴주었던 나이가 가장 많은 숙모가 정색을 하고 화를 냈다.

“이 사람들! 사치 씨, 저러다 무슨 일 나면 아키오가 난처해지잖아!”

그렇다, 그랬다간 정말 큰일이다.

아키오는 틈을 노렸다가 사치에게 사촌 아이들이랑 카후를 데리고 남쪽 해변으로 가서 놀다 오라고 부탁했다. 사치는 더 마실 수 있다는 얼굴이었지만, 결국 일몰 때까지 놀다가 돌아왔다. 아이들하고도 단번에 친해져서 마치 초등학교 선생님 같다.

어두워질 무렵 다 같이 문 앞에 서서 '우쿠이(배웅)' 의식이 시작되었다.

향로에 향을 피우고 "아키엔마타메헤리(내년에도 와주십시오)."하고 기도한 다음 저세상에서도 조상님이 돈에 궁하지 않도록 종이로 만든 노잣돈을 태웠다. 사치는 불꽃놀이라도 하는 것처럼 아이들이랑 들떠 있었다.

"자네, 사치에 대해 진지하게 생각해보게."

돌아가기 전에 제일 나이 많은 숙모가 살짝 귀엣말로 속삭였다.

"오봉 때 우쿠이는 정말 재미있었어요."

'예약석'이라는 표지판이 세워져 있는 테이블에서 사치는 생선회를 먹으면서 후훗, 하고 생각난 듯 웃었다.

"모든 게 다 재미있었어요. 따뜻한 사람들이에요. 게다가 마치 나도 친척인 것처럼 사치 씨, 사치 양, 이렇게 불러줘서 너무 기뻤어요.”

아키오도 생각할수록 흐뭇한 명절이었다.

행복한 가족의 여름휴가. 그 무리 안에 사치가 같이 앉아 있었다. 아키오는 그것만으로도 만족스러웠다.

‘우쿠이’ 의식이 있던 날 밤에 사치가 흘린 눈물, 아키오는 그 사연을 묻지 않았다.

사치가 마음에 간직하고 있는 슬픔이 있다는 것을 아키오는 알아버렸다. 하지만 어떻게 할 수도 없었다.

아주 잠깐 손을 잡아주는 정도밖에는.

언제나 어떻게 할 수가 없는 아키오다.

자신의 무기력함이 원망스러웠다. 사치에게 해줄 수 있는 게 뭘까.

아키오는 명절 동안 바쁘게 지내면서도 잠시도 그 생각을 놓지 않았다.

사치에게 해줄 수 있는 일.

열심히 일을 돕다가도 금방 재잘거리는 사치를 계속 눈으로 쫓으면서 아키오가 끌어낸 결론은 누가 들으면 웃어넘기고 말 정도로 단순한 것이었다.

조금 거리가 있더라도 반드시 사치 옆에 있으면서 지켜주는 일.

아키오는 지금은 일단 그렇게 하자고 마음속으로 결심했다.

그녀 곁을 항상 함께하면서 사치가 한 순간이라도 슬픔을 잊을 수 있도록.

그녀를 괴롭히는 추억이 있다면 거기서 가능한 멀리 떨어지도록.

'우쿠이' 때 친척에 둘러싸인 사치는 정말 잘 웃었다. 사치의 웃음에 함께 있던 가족 모두의 얼굴에도 덩달아 웃음꽃이 피어났다. 아키오는 그것이 무엇보다 기뻤다.

옆 자리의 큰 테이블에 새로운 일행이 안내를 받아 들어왔다. 그러더니 갑자기 어라, 하는 목소리가 들렸다. 와타루와 쇼지가 제각기 가족을 동반하고 앉아 있었다.

"뭐야, 희한한 일이군. 데이트?"

와타루가 재미있다는 듯 말했다.

"지난번에는 정말 고마웠습니다. 아, 이 녀석이 다쿠미예요."

쇼지가 사치를 향해 인사하자, 옆에 있던 소년이 꾸벅 고개를 숙였다. 소년의 신발에 나이키 상표가 보인다. 사치는 그걸 보며 미소를 지었다.

"반가워. 멋진 운동화구나."

다쿠미는 수줍은 듯 웃었다.

와타루의 아내와 쇼지의 아내는 평소에도 물건을 사러 가게를 드나들었기 때문에 사치와는 구면이었다. 테이블 너머로 명절 이야기가 시작되자 "이쪽으로 와."하고 와타루가 권했고, 다함께 맥주로 건배를 하게 되었다.

"명절에 3박 4일로 두 집 식구가 같이 이시가키 섬에 갔다 왔어."

맥주를 단숨에 들이켠 와타루가 이야기를 시작했다. 이시가키 섬에 와타루의 친척이 경영하는 해변가 식당이 있는데, 쇼지의 아내와 다쿠미는 이시가키 섬에 간 적이 없기 때문에 한 번 가보자고 하여 가게 되었다. 쇼지의 가게는 가장 바쁜 시기였지만 스태프인 준코에게 맡기고 큰맘 먹고 나선 것이다.

"그래요? 그래서 샤넬이랑 산고, 용고가 모두 같이 준코랑 놀고 있었구나."

사치가 납득이 간다는 듯 말했다. 샤넬이란 카후의 어미 개이고 산고랑 용고는 카후와 한배인 형제 개다.

"옛날에 몇 번 들어가 봤는데. 와아 투명도가 굉장하더군. 여기 바다보다 깊이 잠수할 수 있어요."

"난 바다거북도 봤어요."

다쿠미는 흥분해서 말했다. 배 위에서 아버지를 기다리고 있을 때, 해면 근처를 헤엄치는 바다거북과 돌고래를 몇 번 목격했던 모양이다. 주변의 외딴섬들도 돌아보고 나더니 완전히 이시가키 섬이 마음에 든 것 같다.

"그랬어? 나도 가보고 싶다."

사치가 말하자 와타루가 즉각,

"사치 씨라면 언제라도 환영이지. 다음에는 같이 갈래요?"

하고 응수했다가 아내의 험악한 시선에 뜨끔하는 얼굴이 된다.

한바탕 명절 이야기를 끝내고 테이블 위의 접시도 깨끗이 정리되었을 무렵, 와타루가 입을 열었다.

"아키오, 이젠 결심이 섰냐?"

아키오는 갑작스러운 질문에 흠칫했다. 잡담에 가담하면서 명절 때의 일이며 사치의 부드러운 손의 감촉 등을 이것저것 떠올리고 있었던지라 속마음을 들킨 것만 같았다.

"아니, 저… 아직 아무것도…."

아키오는 횡설수설 허둥거렸다. 와타루는 팔짱을 끼고 쇼지에게 눈짓을 보냈다. 쇼지는 몸을 긴장시키더니 이윽고 갑자기 생뚱맞은 태도로 아키오에게 향했다.

"도모요세 아키오 씨, 실은… 우리 이시가키로 이사하기로 결정했습니다."

'무슨 소리지?'

아키오는 잠깐 동안 그가 무슨 말을 했는지 이해하지 못했다.

쇼지는 아키오의 동요에도 아랑곳하지 않고 계속 말했다.

"와타루 씨의 친척이 고령이시라 해변가 식당을 대신 맡아서 할 사람을 찾고 계신다고 했어요. 다이빙 숍으로는 최고의 조건이지요. 줄곧 여기서 버틸 생각도 했지만, 이시가키의 바다를 좋아하고 다이버들 사이에서도 이곳 바다보다 거기가 훨씬 크다고 하고, 게다가….”

거기까지 단숨에 말하고 나서 목소리가 잠겼다.

“다쿠미도 그때보다 따돌림을 더 심하게 당하는 것 같고…. 이 녀석을 위해서도 더 이상 여기서는 버틸 수가 없습니다.”

소년은 아버지 옆에서 조용히 고개를 숙이고 있었다. 흥청거리던 자리가 갑자기 조용해졌다.

“그럼 말이죠.”

고개를 숙인 다쿠미를 테이블 너머로 보면서 사치가 부드럽게 말했다.

“다쿠미, 이사하면 나 놀러가도 되지?”

다쿠미는 고개를 끄덕거렸다. 잠겨 있던 공기가 스르르 풀리는 것 같았다. 아키오 혼자만 그 분위기에 끼지 못하고 고개를 더 깊이 숙였다.

남쪽 해안을 지키겠다며 그렇게나 완강했던 쇼지까지.

아키오에게는 사막에 홀로 남은 듯한 고독이 엄습해왔다.

드디어 할머니와 나만 남은 거구나.

그 할머니도 지금 순이치의 책략에 말려들었는지도 모르는 일이다.

"미안하지만 난 먼저 돌아가겠습니다."

아키오는 일어서자마자 계산대로 향했다.

뒤도 돌아보지 않고 레스토랑을 나와 주차장까지 걸어가는데 사치가 헐레벌떡 쫓아왔다.

"왜 그래요?"

아키오는 대답하지 않고 차 문을 열고 들어가 시동을 걸었다. 조수석에 탄 사치가 큰소리로 말했다.

"그렇게 중요한 이야기를 왜 나한테 안 해주는 거죠?"

큰소리에 아키오가 놀라 사치를 쳐다보았다.

"중요한 이야기라니…?"

"리조트 계획 말이에요. 나한테 맨 처음 가르쳐준 사람이 와타루 씨예요. 그리고 나서 가게에 오는 손님이며 해변에서 말을 걸어오는 이웃사람들, 다들 여러 가지 사실을 가르쳐주었어요. 하지만 당신은 한 번도 나한테 이야기한 적이 없어요."

사치는 전에 없이 흥분한 모습이다.

"당신이 이전에 동의하지 않으면 이 섬은 아무것도 추진하지 못한다고 들었어요. 무슨 생각인지 모르지만 다들 힘들어하고 있대요."

아키오는 놀란 얼굴로 사치를 쳐다보았다.

'…순이치구나.'

"순이치가 그러던가요?"

사치는 잠시 뜸을 들이고 나서 되물었다.

"뭘 말이에요?"

강한 눈빛이었다. 그 시선을 피하듯이 아키오는 말없이 차를 출발시켰다.

입을 꾹 다문 두 사람을 태우고 차는 국도를 달렸다. 칠흑 같은 어둠 속에 두 줄기 전조등이 파고든다. 집까지는 10분 정도 거리지만 아키오에게는 영원과도 같이 길게 느껴졌다.

마당 한 귀퉁이에 차를 세우고 엔진을 껐다. 어두운 마당에서 카후가 코를 킁킁대는 소리가 들린다.

"아무 말도 해주지 않는군요. 당신은 줄곧 같이 있으면서 내 이름조차 부르지 않았어요."

사치가 불쑥 말했다.

"물렁탱이!"

사치는 조수석 문을 힘껏 닫더니 카후에게 눈길도 주지 않고 어두운 집안으로 사라졌다.

이튿날 아침 아키오는 세탁이 끝난 빨래 바구니를 들고 마당으로 나갔다가, 하늘을 잠시 올려다보고 나서 바구니를 안고 집안으로 돌아왔다. 카후가 기다리는 얼굴로 툇마루 밑에서 꼬리를 흔들고 있다.

사치는 여전히 손님방에서 나오지 않는다.

가게 문 열 시간이 10분밖에 남지 않았다. 아키오는 카후의 사슬을 풀어 밖으로 나왔다. 언제나 상쾌했던 해변으로 이어지는 길을 무거운 발걸음으로 카후의 뒤를 따라 걸었다.

해변에는 드문드문 관광객이 나와 있었지만, 하늘은 멀리서 다가오고 있는 태풍의 예감을 안고 무겁게 드리워져 있었다.

답답한 마음이 풀리지 않은 채 산책에서 돌아와 보니, 밥상에 차려놓은 아침밥은 손도 대지 않고 남아 있었다. 20분 늦게 가게 문을 열자, 문 앞에서 기다리던 손님이 들어왔다. 가게 안을 두리번거리다가 얼른 나가는 사람도 있었다. 이런 사람은 사치를 보려고 오는 손님이다.

“사치 씨는 없나?”

앞집 아저씨는 아키오의 얼굴을 심드렁하게 바라보더니 손에 든 간장을 제자리에 도로 갖다놓고 나갔다.

사치가 없어졌다는 것을 안 것은 점심때가 지나서였다.

일단 가게 문을 닫고 안방으로 돌아왔지만, 아침 밥상을 덮어놓은 신문지가 여전히 그대로 있었다. 마당에 나가려고 발

밑을 보니 아키오의 샌들은 산책에서 돌아와 이리저리 벗어던진 그대로 있었다. 대신 늘 가지런히 놓여 있던 사치의 샌들이 없었다.

손님방을 조심조심 열어보니, 자고 일어난 이불은 반듯하게 정리해놓고 사치의 짐은 그대로 남아 있었다. 아키오는 가슴을 쓸어내렸다. 만약 짐까지 없어졌다면 당장 찾으러 뛰어나갔을 것이다.

아키오는 밥상을 덮은 신문지 앞에 앉아 아무 생각 없이 신문에 인쇄된 글자로 시선을 떨구었다. '8월 25일'이라는 날짜가 눈에 들어왔다.

이 집에 온 지 두 달. 사치는 줄곧 아키오 옆에 있어주었다.

떨어져 지낸 시간은 산책 시간과 잠잘 때 정도였고, 나머지는 줄곧 같이 시간을 보냈던 것이다. 어제까지 말다툼 한 번 하지 않았고, 둘 다 불평 한마디 하지 않았다.

생각해 보면 그건 기적에 가까운 사건이었다.

그런데 지금 사치가 없다는 사실에 아키오는 가슴이 짓눌려 숨이 막히는 것 같다.

한심한 인간이 바로 나구나.

'늘 사치가 말없이 옆에 있어주는 것을 당연하게 생각하기 시작했었다.'

아내도 연인도 아닌 이름조차 부른 적이 없는 사람이건만.

사치 옆에 있어주겠다고 바로 얼마 전에 결심했지만, 사치가 없어지고 보니 그 생각이 너무나 우습고 어리석게 느껴졌다.

'실제로는 사치가 내 옆에 있어준 게 아닌가.'

아키오는 크게 한숨을 내쉬고 벌렁 드러누웠다.

동시에 전화가 울렸다.

튕기듯 일어나 다다미 위에 놓여 있는 전화기로 달려들었다. 목소리의 주인공은 전혀 뜻밖의 인물이었다.

"아키오? 나다, 순이치."

그 목소리에 아키오는 온몸이 얼어붙는 것 같았다. 순간 어제부터 계속 찜찜했던 불길한 예감이 온몸을 스치고 지나갔다. 수화기 너머로 순이치는 착 가라앉은 목소리로 말했다.

"지금 우타키 근처 병원에서 거는 건데… 할머니가 구급차로 실려 왔어. 지금 입원수속이 끝났다. 너, 여기 올 수 있겠냐?"

오후 다섯 시, 페리가 먹빛 바다로 출항했다.

아키오는 관광객으로 붐비는 선실 한구석에서 창 너머로 이어지는 수천 갈래의 하얀 칼날 같은 파도를 물끄러미 바라보고 있었다. 배는 파도를 거슬러 몇 번이나 크게 흔들렸다. 선체가 기울어질 때마다 근처에 앉아 있는 아이들이 환성을 질렀다.

순이치의 전화를 끊은 다음에도 한참을 기다렸지만, 사치는 아키오가 집을 나설 때까지 돌아오지 않았다.

아키오는 망설이던 끝에 메모를 남기고 집을 나왔다.

허둥지둥 정신없이 서둘러 나온 아키오는 자신이 쓴 애매한 문장을 떠올리며 후회했다. 지금부터 우타키 근처까지 가면 일단 오늘 안으로는 돌아올 수 없다. 더구나 태풍이 접근하고 있다. 까딱하면 이삼 일은 못 올지도 모른다. 쓸데없는 걱정을 끼치게 하지 않으려고 그런 식으로 썼던 건데, 오히려 사치는 속을 끓이는 게 아닐까.

아니, 한심한 나를 걱정이나 해줄까.

커다란 파도가 밀려온 순간에 옆에 있는 아이들이 아키오의 무릎으로 쓰러졌다. 아이가 마시던 콜라가 쏟아져 아키오의 셔츠에 갈색 얼룩을 만들어놓았다. 아이 엄마가 열심히 사과했다. 아키오는 그것을 머나먼 다른 세상에서 일어난 일처럼 바라볼 뿐이었다.

우타키 근처 구급병원에 도착했을 때는 오후 일곱 시가 넘었다.

할머니의 병실은 2층 외과병동이었다. 1층 대합실에서 기다리고 있던 순이치는 심각한 얼굴로 증상을 설명했다.

"가벼운 심근경색을 일으키셨대. 우타키에서 기도를 하고 있는데 갑자기 상태가 나빠져서 실려 오게 된 거야. 최악의 사태는 지나갔는데 아무래도 수술을 해야 하는가 보더라."

침대에 누운 할머니의 얼굴에는 호흡기가 연결되어 있고, 팔다리에도 여러 가지 튜브를 꽂고 있었다. 지금은 상태가 안정되어 잠이 들었다고 한다.

할머니는 평소보다 훨씬 작아 보였다. 바로 위에서 주름진 검은 얼굴을 조용히 들여다보던 아키오의 가슴 속은 납덩이라도 삼킨 듯 무거워졌다. 갑자기 뭉클하면서 뜨거운 것이 울컥 올라왔다.

"가족이십니까?"

의사의 질문에 아키오는 주저 없이 고개를 끄덕였다. 아키오는 의사 뒤를 따라 하얗고 썰렁한 병원 복도를 걸어갔다.

의사의 설명에 의하면, 할머니의 심장 모세혈관은 끝이 막혀 있어서 언제 치명적인 심근경색이 일어날지 모르는 상태라고 한다. 이것을 해결하려면 다리나 다른 신체 부위에서 건강한

혈관을 채취하여 이식하는 바이패스 수술을 해야 한다. 한시도 유예를 둘 수 없지만 고령이라는 점을 생각하면 수술 자체가 위험하기도 하다. 그리고 수술을 할 경우에는 나하의 종합병원으로 옮길 필요가 있다고 한다.

수술 시행 여부에 대한 판단은 아키오에게 맡겨졌다.

아키오는 즉시 대답하지 못하고 의사의 방을 나왔다. 순이치가 복도 의자에 앉아 기다리고 있었다.

"어때? 할머니는 위험하신 거래?"

아키오는 아무 대답도 하지 않고 복도를 터벅터벅 걸어갔다. 순이치가 뒤따라오면서 아키오의 등에 대고 말했다.

"이러니저러니 해도 할머니도 이제 연세가 있으시잖아. 사실 이제 그리 길지 않을지도 몰라."

아키오는 발을 멈췄다.

순이치의 다음 말을 듣기 전에 아키오는 등을 돌린 채 꽉 잠긴 목소리로 말했다.

"알면서 모시고 나온 거냐?"

잠깐 뜸을 들였다가 순이치가 대답했다.

"뭐? 무슨 소리하는 거야?"

"할머니가 이렇게 될 줄 알면서 모시고 나온 거냐고!"

분노에 찬 아키오의 목소리에 순이치는 무안한 얼굴로 웃었다.

"무슨 말을 그렇게 하냐. 그런 걸 알았으면 모시고 올 리가 없잖아…."

"할머니를 죽일 생각이었던 거냐?"

뒤돌아선 아키오는 험악한 눈길로 순이치를 똑바로 노려보았다. 순이치의 억지웃음은 입가에 그대로 얼어붙었다.

아키오는 차가운 공기를 가르듯이 빠른 걸음으로 복도를 지나 계단을 내려갔다.

조명이 꺼진 1층 대합실에서는 접수 카운터의 백열등만 희미한 빛을 뿜고 있었다. 인기척 없는 대합실에서 공중전화를 발견한 아키오는 수화기를 들었다. 집 전화번호를 누르는 오른손 엄지손가락이 파르르 떨고 있었다.

사치의 목소리가 듣고 싶었다.

벨소리가 들렸다. 세 번… 다섯 번… 열 번.

열다섯 번이 울리고 나서 아키오는 수화기를 놓았다.

사치가 집에 없다. 아니, 어쩌면 전화를 받지 않는 건지도 모른다. 어제의 일로 아직 화가 나 있을 것이다. 그래서 그 표현으로 전화를 받지 않는 것이다. 분명 그럴 거야. 만일 그런 게 아니라면….

"이봐, 나 그렇게 나쁜 놈 아니야."

등 뒤에서 순이치의 목소리가 들렸다. 아키오는 돌아보지도 않고 수화기에 손을 얹은 채 그대로 서 있었다.

"너, 아무래도 나를 나쁜 놈으로 만들고 싶은 모양인데, 섬의 앞날을 진심으로 생각해 보라고."

순이치의 목소리는 차분했다.

"난 그 섬을 되살리고 싶을 뿐이야. 지금 섬의 상황을 알기나 해? 관광자원은 없고, 인구는 늘지 않고, 취직자리도 없어. 앞날이 캄캄하다고. 이대로 가면 아무것도 안 돼. 그래서 나는 어떻게 해서든 고향을 살만한 곳으로 만들고 싶은 거야."

조금 사이를 두었다가 순이치가 말을 이었다.

"우리 회사가 이 프로젝트에 눈을 돌리게 한 것도 나고, 여기까지 이야기를 진전시킨 것도 나야. 난 그 섬을 구할 책임이 있어. 실제로 여기까지 포기하지 않고 해올 수 있었던 것 자체가 거짓말 같은 일이야. 다른 데도 후보지는 얼마든지 있다고."

순이치는 진지한 얼굴이었다. 옛날 그대로 통명스럽지만 공격적인 눈빛이었다.

"반대하는 주민이 많은 손바닥만한 섬 따위는 성가시기만 할 뿐이지. 얼른 포기하고 다른 후보지로 가자는 게 회사 방침이었단 말이다. 그걸 간신히 여기까지 끌고 온 거야. 왜 그랬을 거 같아?"

순이치는 아키오의 대답을 기다리지 않고 다시 말했다.

"그 섬은 나한테도 중요한 곳이야. 하나밖에 없는 고향이니까. 너도 그렇지?"

순이치는 아키오의 어깨에 손을 올렸다. 의기투합하는 친구처럼.

그러나 아키오는 그 손을 뿌리치고 출구로 향했다.

"어이, 기다려."

순이치의 목소리가 아무도 없는 대합실에 울렸다. 무시하고 그냥 나가려는 아키오를 그 목소리가 집요하게 쫓아왔다.

"그만 단념해! 너희 어머니는 이제 돌아오지 않아."

아키오는 자동문 앞에서 발을 멈췄다.

"너, 그 집에서 어머니 기다리는 거지? 그래서 옮기고 싶지 않은 거잖아."

문이 열리고 미지근한 돌풍이 아키오의 온몸을 때렸다.

"너희 어머니는 돌아가셨어."

아키오는 할머니 침대 옆의 동그란 의자에 앉아 차가운 벽에 등을 기댄 채 강풍에 덜컹거리며 흔들리는 캄캄한 창을 바라보고 있었다.

이따금 굵은 빗방울이 거세게 창문을 두드린다. 할머니는 아키오가 오고 난 뒤에도 한 번도 깨어나지 않고 계속 잠만 자고 있다.

갈기갈기 혼란스러운 마음이 아키오의 몸을 더욱 무겁게 한다. 순이치가 한 말이 모두 꾸며낸 이야기 같았다.

지난 2월에 갔던 도쿠시마 리조트가 완성된 지 얼마 되지 않았을 때의 일이라고 한다. 지금으로부터 5년 전이다.

당시 도쿠시마의 개발부장이었던 순이치가 어떤 시찰단을 안내하는 연회장에서 "순이치!"하고 부르는 작은 목소리가 들렸다. 모르는 중년여성이었는데 알고 보니 아키오의 어머니였다고 한다. 그녀는 그곳 연회장의 식탁 담당으로 일하고 있었다. 가슴에는 '사사키'라는 명찰을 달고 있었다.

놀란 순이치는 그날 밤 일이 끝나고 나서 그녀가 일하는 곳으로 찾아가 이야기를 나누었다. 아키오의 어머니는 섬을 뛰쳐나온 뒤에 도쿄로 가서 재혼했는데, 그 상대와도 헤어져 수년 전부터 순이치의 회사에서 일하게 되었다. 전에는 이키 반도의 리조트에 있었는데 창설 멤버로 이 새로운 시설에 배속되었다. 서로 얼굴을 알아볼 사이도 아니었는데, 그날 연회장 단상에서 자기소개를 하는 순이치를 어머니가 먼저 알아봤다고 한다.

순이치는 아키오의 어머니가 젊었을 때의 얼굴조차 잊어버렸기 때문에, 완전히 처음 보는 사람과 이야기하는 기분이었다. 아키오의 어머니는 반가운 듯 상기된 얼굴로 이런저런 이야기를 하다가, 이윽고 조심스런 목소리로 아키오는 어떻게 지내고 있느냐고 물었다. 최근 섬에 가보지 않아 지난 몇 년 동안은 만나지도 못했다고 하자 실망한 듯 풀이 죽었다.

섬에 가면 즉시 아키오에게 전하겠다고 하자, 절대 그것만은 하지 말아 달라고 간청했다. 자신은 그 아이를 버리고 온 처지라 죽은 사람으로 여겼으면 좋겠다고 했다. 더 이상 나 같은 사람 떠올리지도 말아달라고. 그녀는 소리 없이 울고 있었다.

순이치는 아키오의 어머니와 한 약속대로 아키오에게 아무 말도 하지 않았다.

그 후 순이치는 해외 리조트 개발에 참가하게 되어 도쿠시마를 방문할 기회도 적어졌는데, 일 년에 몇 번 갈 때마다 찾아와 이야기를 나누곤 했다. 3년 전 겨울, 그녀의 모습이 보이지 않아 지배인에게 소식을 물었더니 돌아온 대답이 너무나 뜻밖이었다.

한 달 정도 전에 그녀는 죽었다는 것이다.

이른 아침에 기숙사 세면대 앞에 쓰러져 있는 걸 발견했지만 이미 늦었다고 한다. 뇌출혈이었던 모양이다. 어디선가 그녀의 남편이라며 '사사키'라는 남자가 나타나 그녀의 유골과 미지급

된 급료를 가지고 사라졌다.

— 순이치의 이야기가 거짓말이었으면 좋겠다.

— 아니, 설사 꾸며낸 이야기라 해도 어머니는 돌아오지 않았을 것이다.

이렇게 해서 아키오의 어머니는, 정말 이 세상의 어디에도 없는 어머니가 되었다.

— 모든 것을 잃어가고 있다.

— 처음에 아버지를 잃었고, 동생을 잃고, 할머니를 잃었다.

— 그리고 바로 몇 시간 전에 어머니를 잃었다.

— 수술을 하든 안 하든 뒷집 할머니도 잃을지 모른다.

— 언젠가 어머니가 돌아올 것으로 믿었던 집마저도.

— 어쩌면 사치도.

아키오는 가슴이 터질 듯한 상실감을 받아들이지 못한 채 멍하니 천장을 올려다보았다. 그리고 조용히 눈을 감았다. 넘치는 눈물을 더 이상 참을 수가 없었다.

— 바로 지금 깨달았다.

— 순이치의 말이 맞다.

어머니를 기다리고 있었던 것이다. 바보처럼 오로지 그 한 사람만을 기다렸다.

내가 그 집에 있는 이상 반드시 돌아오실 거라고 믿었다.

볼을 타고 흐르는 눈물을 셔츠 자락으로 닦았다. 콜라 얼룩 탓에 셔츠가 더 지저분해 보였다.

태풍이 지나갈 때까지 그로부터 만 하루가 지났다. 병원에 온 지 사흘 째 오후가 되어서야 간신히 페리가 출항할 수 있게 되었다.

아키오는 그날 오전에 의사의 방에 있었다. 의사는 한동안 상태를 살펴보기 위해서라며 할머니의 입원을 권했다. 아키오는 며칠 후에 돌아오겠다는 약속을 하고 일단 섬으로 돌아가기로 했다. 고개를 깊이 숙여 인사하고 의사의 방을 나왔다.

그리고 나서 다시 한 번 할머니의 병실로 갔다. 할머니는 혼탁한 눈으로 천장 한곳을 뚜렷이 바라보며 움직이지 않는다.

"그럼 또 올게요."

아키오가 살짝 말을 걸어보았다. 할머니는 으응, 하고 신음하듯 대답하고는 눈을 감았다.

"나하에 있는 큰 병원으로 정말 안 가실 거예요?"

아키오는 마지막으로 한 번 더 물어보았다. 알고는 있었지만 할머니는 천천히 고개를 가로저었다. 아키오는 작게 한숨을 내쉬고 이불 위로 할머니의 어깨를 가볍게 쓰다듬었다.

"그놈의 고집은!"

할머니는 입을 꾹 다문 채 이불에서 손을 내밀어 어서 가라는 듯 '바이바이'하고 흔들었다.

아키오는 간호사실에 들러 인사를 하고 병원을 뒤로 했다.

어제 아침 의식이 회복된 할머니는 입도 귀도 눈도 이상이 없어서 일상적인 대화를 나누는 것은 어렵지 않았다. 그래서 오후에는 의사가 증상을 자세히 들려주었지만 결론은 곧 나왔다.

할머니는 바이패스 수술을 거부했다. 의사와 아키오가 몇 번을 설득해도 꿈쩍도 하지 않았다. "인명은 재천. 누릴 만큼 누릴 뿐."이라는 것이 할머니의 신념이다. 신성한 무당의 말, 바로 그것이었다.

오전 내내 세차게 내리던 비는 다소 약해졌고 바람도 그쳐가고 있다. 출항까지 시간은 충분했지만 항구로 향하는 발걸음이 저절로 빨라졌다.

아키오는 이제 단념했다. 아니, 각오라고 하는 게 맞을지도 모른다. 분명 사치는 그 집에 없을 것이다.

병원에 처음 온 날부터 계속 몇 시간마다 전화를 해봤지만 아무도 받지 않았다. 처음에는 오기를 부리느라 받지 않는다고 스스로를 타일렀지만, 드디어 단념하는 경지에 이르렀다. 그날을 경계로 사치는 집을 나갔다. 그렇게 생각하는 게 자연스럽다.

그러나 태풍이 그렇게 심했는데 어디로 갔을까 싶자 가슴이 조여드는 듯했다. 페리는 아키오가 타고 나온 것을 마지막으로 모든 운항이 중단되었다. 그렇다면 같은 배를 타고 섬을 나왔단 말인가. 그때는 제정신이 아니라 주위에 신경을 쓸 수 없었기 때문에 눈치 채지 못했을 수도 있다.

카후도 걱정이었다. 만 이틀 동안 먹을 것도 주지 않고 사슬에 묶어놓은 그대로 있을 것이다. 사치도 설마 아키오가 페리를 타고 나갔다고는 예측하지 못한 채 카후를 그대로 놔두고 나가버렸다 해도 이상할 게 없다. 이 태풍을 견딜 수 있을까.

아키오는 이것저것 너무나 혼란스러운 가운데 페리를 탔다. 툇마루 밑에서 아키오의 발소리를 기다리고 있을 카후가 현재 유일한 마음의 위안이었다.

선창 너머로 이상한 돌기 모양의 곶이 보인다. 가민야(신의 집)라 불리는, 요나키시마의 신이 깃들어 있다는 곳이다.

크고 뾰족한 끝이 하늘을 향해 솟아 있다. 신의 거대한 집게손가락이라고 섬에서는 전해져 내려오고 있는데, 나그네의 갈 길을 일러준다고 했다. 나그네가 출발할 때는 가는 도중의 안녕과 섬에 남기고 온 가족의 행복을 기원하며 배에서 기도를 바쳤다고 한다. 섬사람들은 본토에서 돌아올 때 수평선 너머로 이 곳을 발견하면 무사히 돌아왔구나 싶은 안도감을 느낀다고 한다. 물론 아키오도 그랬다.

배에 흔들리는 동안 비가 개었다. 가민야 너머로 무지개가 걸려 있는 것을 보고 배 안의 아이들이 왁자지껄 아우성을 쳤다. 옆의 아이가 또 콜라라도 쏟으면 큰일이다. 아키오는 쓴웃음을 지으면서 갑판으로 나왔다. 섬이 가까워옴에 따라 요람을 흔들어 아기를 달래듯이 아키오는 자신의 내부에서 부풀어오르는 불안감을 달랬다.

— 나는 언젠가 모든 것을 잃을 것이다.

— 무엇을 잃는다 해도 이제는 두렵지 않다.

— 하지만 잃어서는 안 되는 단 하나의 무언가가 있다.

그것이 사치였다.

사치를 잃는 것도 어쩔 도리가 없다는 체념이 차츰 사치를 잃어서는 안 된다는 결의로 바뀌고 있었다. 항구가 가까워옴에 따라 반가운 산들이며 섬을 둘러싸는 길들이 가까이 다가섬에 따라 결의는 이윽고 결심으로 바뀌었다.

— 이제부터 섬에 돌아가 혹시 사치가 없다면.

— 사치를 찾아야지.

― 아무리 시간이 많이 걸려도 좋아. 찾아서 내 마음을 전하겠어.

기적 소리가 높이 울렸다. 아키오는 얼굴을 들고 항구를 바라보았다.

페리를 기다리는 사람들과 자동차가 북적대며 선착장에 모여들고 있었다. 태풍이 지나가기를 기다려 섬에 머물러 있던 사람들일 것이다. 햇볕에 그을은 젊은이들, 튜브를 든 아이들, 밀짚모자를 쓴 노인들,

그리고 하얀 원피스를 입고 검은 개를 데리고 나온….

아키오는 자신의 눈을 의심했다.

크게 힘껏 손을 흔드는 사람이 있었다.

사치였다.

옆에서는 카후가 찢어져라 꼬리를 흔들고 있다.

사치의 입이 움직인다. 반복해서 움직인다. 처음에는 빨리 차츰 천천히.

어서 와요.

어 서 와 요.

어…서…와…요.

“어머, 이 셔츠 좀 봐. 왜 이렇게 얼룩이 졌어요?”

카후가 달려들어 아키오의 얼굴을 핥아대고 있다. 아키오가 일어서자 그 얼룩투성이의 셔츠를 양손으로 잡아당기며 사치는 또 꽃처럼 환하게 웃었다.

10

맑게 갠 오전의 항구는 눈을 뜨고 있을 수 없을 정도로 햇볕이 출렁이고 있었다.

태풍이 지나가기를 기다리고 있던 관광객이 이리저리 밀리면서 페리의 갑판 위로 올라간다. 아키오와 사치는 2층 선실 창가에 나란히 앉았다. 선실도 갑판도 구릿빛으로 그을은 젊은 이들로 북적거린다. 배는 기적을 울리면서 10시 정각에 방파제 옆을 떠났다.

사치의 하얀 원피스 무릎 위에는 오늘 아침 마당에서 딴 새빨간 하이비스커스 꽃이 작은 꽃다발이 되어 얹혀 있다.

어제 아키오는 마중나온 사치와 카후와 함께 항구에서 한 시간 걸려 집까지 걸어왔다.

오는 도중에 먼저 사치가 지난 사흘간의 일을 이야기했다.

왠지 아키오와 얼굴을 마주하고 싶지 않았던 사치는 아키오가 가게에 있는 사이에 살며시 집을 빠져나와 해변으로 갔다. 태풍의 영향으로 개점휴업상태가 되어 있던 쇼지의 다이빙 숍에서 아르바이트생 준코와 이야기에 빠져 있었다. 저녁에 일단 집으로 돌아와 메모를 발견했지만 가게 셔터가 닫혀 있는 것을 보고 장시간의 외출임을 알았다. 아키오는 할머니에게 무슨 일이 있어서 간 거라는 직감이 있었다. 카후를 데리고 나가 산책을 시키고, 가게에서 파는 사료를 주고, 가게 안에 넣어주었다. 그리고 나서 다시 쇼지의 집으로 가서 저녁을 얻어먹고 다쿠미와 준코와 게임에 열을 올리다 보니 한밤중이 되어 결국 그대로 쇼지의 집에서 잤다.

이튿날 드디어 태풍이 왔다. 아키오가 집을 비웠다는 말을 들은 쇼지가 와서 아키오의 집 덧문을 모두 닫아주었다. 사치는 태풍에 대비한 만반의 준비를 갖추고, 혼자서 커피를 마시거나 독서를 하면서 하루를 보냈다. 할머니가 걱정이 되었지만 혹시 불행한 사태가 닥치면 전화가 오겠지, 하고 침착하게 기다리기로 했다. 전화는 한 번도 울리지 않았다고 사치는 말한다. 아무튼 태풍이 지나갔기에 오늘은 아침부터 가게를 열었다. 페리가 오후 편부터 운행이 된다는 것을 알고 아키오와 할머니가 돌아올 것 같은 예감이 들어 가게를 닫고 걸어서 나온 것이다.

아키오는 사치의 이야기를 들으면서 새삼 감탄했다. 지난 이틀 동안 자기는 초조한 마음으로 어찌 할 바를 모르고 있었는데 사치는 훨씬 차분했다. 그녀의 이야기를 들으면 태풍조차 작은 오락처럼 들렸다.

이번에는 아키오가 할머니의 증상을 자세히 이야기해주었다. 심근경색으로 긴급입원을 했고, 수술이 필요하다는 것, 그러나 수술 자체가 위험해서 나하의 큰 병원으로 옮기라는 것을 할머니가 거부하고 있다는 것, 증상이 안정되면 섬으로 바로 돌아오고 싶어한다는 것…. 어머니의 죽음이나 사치에 대한 가슴이 터질 것처럼 안타까웠던 심정은 물론 이야기할 수가 없었다.

"부탁이 있어요."

이야기를 다 듣고 나서 사치가 진지하게 말했다.

"나를 할머니한테 보내줘요. 할머니의 증상이 안정될 때까지 내가 옆에 있어드리고 싶어요."

아키오는 얼른 대답을 할 수가 없었다. 사치가 말을 이었다.

"그렇게 붙임성 없는 노인네는 본 적이 없어요. 고집 세고 형편없이 무뚝뚝하고. 처음에 이야기했을 때부터 못 말리는 노인네구나 했어요. 그렇지만."

사치는 하늘을 쳐다보았다.

"나, 아무래도 할머니를 너무 많이 좋아하는 것 같아요. 섬을 포함해서 섬사람들, 영혼을 그런 식으로 소중하게 대하시는 게 무엇보다 부러워요. 평생을 현역 커리어우먼으로 사시잖아요. 억울하지만 할머니를 이길 수가 없어요. 더 많은 이야기를 듣고 싶어요."

아키오는 발을 멈췄다. 사치는 그대로 계속 걸어가다가 이윽고 돌아다보더니 환하게 웃는 얼굴로 자신 있게 말했다.

"괜찮아요. 할머니는 절대 돌아가시지 않아요."

그 말은 순수한 힘으로 가득 차 있었다.

"우선 일주일만. 매일 용태를 전화로 알려줄게요."

집에 와보니 정작 그 중요한 전화는 코드가 빠져 있었다. 아키오가 순이치한테 전화를 받고 나서 난폭하게 수화기를 놓는 바람에 빠져버린 모양이다. 그러니 아무리 전화를 해도 벨이 울리지 않을 수밖에.

"덤벙대기는."

빠진 전화선을 코앞에 치켜든 사치가 기가 막힌다는 얼굴로 말했다.

"그러는 사람은 그동안 왜 그걸 몰랐다지."

아키오도 지지 않고 맞받아쳤다.

그런 식의 가벼운 말다툼이 오가긴 했어도, 아키오는 오늘 다시 사치와 함께 페리를 탔다.

가게 일도 있고 하니 혼자서 가겠다고 사치가 우겼지만, 안내를 해야 한다며 아키오도 물러서지 않았다. 사실은 조금이라도 오래 사치랑 같이 있고 싶은 게 본심이었다.

'사치를 찾아야지. 아무리 시간이 걸려도.'

바로 어제의 결심을 아키오는 먼 과거의 사건처럼 떠올렸다.

사치는 이렇게 해서 다시 아키오 옆에 앉아 있다.

마치 그곳이 원래 자신이 있어야 할 자리인 것처럼.

출항한 지 얼마 되지 않아 사치의 옆얼굴 너머로 신이 사는 곳, 가민야가 보인다. 어제는 무지개가 반갑게 아키오를 맞아주었었다.

아키오는 가슴 속에서 손을 모아 할머니와 사치의 행복을 빈다.

두 사람이 도착했을 때 할머니는 침대 위에 정좌하고 식후의 차를 마시고 있었다. 사치가 나타나자마자 할머니는 고개를 홱 돌렸다.

"도대체 노인네가 귀여운 데가 없어."

사치는 양 손을 허리에 대고 어느새 전투태세로 돌입했다.

"안시 우부노 마사이비미(차가 그렇게 맛있어요)?"

자기 사투리를 흉내 내는 사치를 빤히 노려보며 할머니도 지지 않고 맞받아친다.

"안스카 이안베야 아이비랑(맛대가리도 없다)."

할머니의 말을 듣고 아키오와 사치는 동시에 싱긋 웃었다. 싸움을 걸면 곧바로 대응하는 평소의 할머니였다. 사치는 그런 할머니 코앞에다 불쑥 작고 빨간 꽃다발을 내밀었다.

"마당의 꽃을 꺾어왔어요. 빨리 오시라고."

할머니는 그 꽃을 물끄러미 바라보다가 "필요 없어!"하며 다시 고개를 홱 돌린다.

"갖고 가."

엄한 목소리다.

"왜요?"

서운하다는 듯 사치가 물었다. 할머니는 대답하지 않았다.

할머니는 겨우 하루만에 예상보다 훨씬 좋아져 있었다. 아키오는 가슴을 쓸어내렸다. 주치의도 용태가 안정되었다는 것은 인정했지만 방심은 금물이라 아무튼 이 주 정도 경과를 보자고 새삼 권했다.

사치는 병원 근처 비즈니스호텔에 묵기로 했다. 하룻밤에 3천 엔은 무시할 수 없는 금액이라 아키오가 숙박료를 주려고

했더니,

“됐어요. ‘생활비’ 받았으니까.”

하고 고집을 부리며 받지 않는다. 그 고집은 어딘가 모르게 할머니와 비슷했다.

“혹시 손녀딸 아닌가 몰라!”

돈이 든 봉투를 사이에 두고 밀고 당기는 사이 아키오는 우스워져서 그렇게 말했다.

“맞아. 고집도 그렇고 귀여운 데라고는 없는 것도 할머니를 닮았어.”

사치는 의기양양한 목소리로 대꾸했다.

퇴원이 결정되면 데리러 오겠다고 약속하고, 페리 시간에 맞추어 병원을 나왔다. 사치는 근처 버스 정거장까지 배웅을 와 주었다.

아키오는 “그거 내가 갖고 가죠.”하고 사치가 계속 들고 있는 작은 꽃다발을 받아들었다. 사치는 납득이 가지 않는다는 얼굴이다.

“할미니 고십은 알아줘야 해. 귀여운 데가 없는 건 알겠지만 모처럼 아침에 일찍 일어나 따온 건데.”

아키오는 작게 웃었다.

“할머니는 쑥스러워서 진짜 이유를 말 못했을 거예요.”

“진짜 이유가 뭔데요?”

“섬의 물건은 어떤 것이라도 갖고 나가서는 안 돼. 갖고 나가면 그 사람에게 재앙이 있을 것이야.”

먼 옛날 어머니가 들려준 할머니의 말투를 왠지 아키오는 또렷하게 기억하고 있었다.

“할머니는 그 꽃을 딴 사람을 재앙에서 지켜주고 싶었던 거예요.”

사치의 입술이 희미하게 움직인다. 금방 울음이 터질 것 같으면서도 웃는 얼굴이다.

“한 가지 물어봐도 돼요?”

버스 정거장에서 도로를 향해 나란히 떨군 그림자에 시선을 주면서 사치가 말했다.

“할머니 가족은 아무도 오지 않네요.”

아키오는 소나기구름이 몰려드는 하늘을 올려다보았다.

“모두 죽고 없으니까.”

“모두?”

“남편은 전쟁에서. 아들은 어렸을 때 병으로. 오키나와 본도에 있던 부모님과 동기간은 공습으로. 그리고 나서 줄곧 할머니는 혼자세요.”

버스가 길 저쪽에서 다가온다.

사치는 한동안 고개를 떨구고 있다가 결심한 듯 얼굴을 들었다.

“하지만 지금은 달라요. 우리, 혼자가 아니잖아요. 우린….”

버스 문이 푸쉿 소리를 내며 열렸다. 그 소리에 말소리가 묻히면서도 사치는 또렷하게 말했다.

“가족인걸.”

아키오는 순간 대꾸할 말을 찾지 못한 채 “자, 그럼!”하고 짧게 인사한 다음 뛰어가서 버스를 탔다.

창 너머로 사치가 손을 흔들고 있었다. 맨 뒷자리에 앉은 아키오는 조금 시든 꽃다발을 가슴에 안고 사치가 하얀 점이 될 때까지 바라보았다.

집에 도착하자마자 하이비스커스 화분에 꽃다발을 도로 놓았다.

밥을 짓고 된장국을 끓인 아키오는 혼자서 저녁 밥상 앞에 앉았다.

돼지고기 볶음과 야채조림 등을 차려보았지만 아무 맛도 느껴지지 않는다. 텔레비전을 상대로 묵묵히 젓가락을 입으로 가져갔다.

할머니가 김이 모락모락 나는 냄비를 식탁으로 나른다.

사치가 하나하나 접시를 들여다보며 탄성을 지른다.

할머니와 사치의 요란한 논쟁이 시작된다.

산책 때 누구랑 만났다, 오늘 가게에 들어온 야채가 상처가 나 있더라, 내일 날씨가 어떻다더라, 등등. 그리고 오늘 있었던 사건 따위의 별 것도 아닌 이야기를 서로 주고받는다.

그것을 가족이라고 부른다면 우리 세 사람은 정말 가족이구나, 하는 생각이 들었다. 오늘 헤어지기 전에 사치가 한 말의 의미를 아키오는 곰곰이 생각해본다.

"우리는 혼자가 아니잖아요."

그것은 할머니나 아키오를 향한 말이라기보다 사치가 스스로를 향해 선언한 말처럼 들렸다.

'혼자였을까.'

아키오는 진작 눈치 채고 있었다.

항상 밝게 빛나는 사치의 등 뒤로는 어딘지 씻을 길 없는 그림자가 감돌고 있다는 것을.

그 그림자에 대해 절대 탐색하려 해서는 안 된다.

처음 사치를 만났던 날부터 아키오는 스스로를 그렇게 타일러왔다.

진실을 안 순간 사치는 눈앞에서 사라져 버릴 것이다. 그것을 알려고 하지 않기 때문에 지금도 사치는 아무데도 가지 않고 여기 머물러 있는 것이다. 누가 강요한 것도 아니면서 아키오는 그 약속을 굳게 지켜오고 있었다.

'사치가 옆에 있어주는 것, 그걸로 충분하지 않은가.'

더 이상 뭔가를 바란다면 분명 그녀는 사라져버릴 것이다.

카후의 접시에 남은 밥을 담아주었다. 밤하늘에는 살짝 일그러진 달이 떠 있다. 아키오는 툇마루에 앉아 오랜만에 담배를 입에 물었다. 가느다란 연기가 천천히 달빛을 가로지른다.

아키오는 어느새 자신의 가슴이 물이 가득 담긴 컵처럼 넘칠 듯이 차오르는 것을 느꼈다. 한 발만 앞으로 내밀었다가는 모조리 쏟아져버릴 것만 같았다.

스스로에게 거짓말을 하고 있었다.

담배를 발밑에 툭 던지고 나서 밤하늘을 쳐다본다.

— 사치를 좀 더 알고 싶다.

— 사치의 모든 것을 알고 싶다. 그녀의 과거와 미래, 그리고 그녀의 마음과 몸 구석구석까지도.

— 그래서 이렇게 마음이 어수선한 것이다.

─ 알고 있다.

─ 사치를 원하고 있다는 것을.

─ 원하는 건 오로지 사치밖에 없었다.

사치가 할머니의 입원실에 남은 지 열흘 남짓이 지났다.

또 하나의 태풍이 지나간 이튿날 일요일에는 바다처럼 깊은 파란 하늘이 펼쳐져 있었다.

"안녕, 아키오. 오랜만이야."

카후와 산책길에 나서려고 일찌감치 마당을 나온 아키오에게 낯선 여자가 말을 걸어왔다. 바람에 펄럭이는 시트 사이에서 반가운 표정의 얼굴이 나타났다. 그녀가 야마우치 시게코임을 알아보기까지 한참이 걸렸다.

"이 집은 정말 여전하네. 옛날 그대로야."

시트를 젖히며 들어온 시게코는 아키오 앞으로 다가온다. 생각지도 않은 시게코의 방문에 아키오의 가슴은 공연히 쿵쾅거렸다.

마지막으로 본 것이 성인식 때였던가. 물론 그때도 아무 말도 못한 채 멀리서 시게코의 화사한 차림새를 바라봤을 뿐이다. 도쿄에서 취직을 하고 결혼도 했다고 들었다. 오랫동안 마음 깊은 곳에서 어른거리던 엷은 동경과도 같은 감정은 오래 전에 사라지고 없을 터였다. 그런데 이렇게 눈앞에 시게코를 보고 있노라니 그 기억이 떠오른다.

잔가지 같은 손발을 가진 가녀린 소녀였던 시게코는 옛 모습이라곤 찾아볼 수 없을 만큼 변해 있었다. 날씬한 몸매에 하얀 바지와 검은 민소매 차림에 갈색으로 물들인 머리칼이 가볍게 어깨 위에서 흔들리고 있었다. 손목에는 시계와 팔찌가 반짝이고 있다. 그녀의 차림새는 도회지에서의 세련된 생활을 이야기하고 있었다.

시게코의 친정은 이번 리조트 계획의 서쪽 끝에 위치해 있었다. 시게코의 부모님은 일찌감치 이전에 동의했고 이것을 기회로 나하로 이사할 생각이라고 한다. 이사를 돕기 위해 시게코가 오랜만에 고향에 온 것이었다.

"그냥 동창생을 차례차례 찾아보기로 했어. 와타루네 집에도 갔었어. 이 녀석의 어미개가 있더라. 난 푸들을 기르고 있어. 맡겨놓고 왔더니 보고 싶네."

툇마루에 앉아 카후의 머리를 쓰다듬는다. 카후는 산책을 나가려다 훼방꾼이 나타나자 이리저리 불안하게 움직인다.

"저, 괜찮으면 산책하러 같이 나갈래?"

아키오는 조심스럽게 청해보았다. 시게코는 금방 웃는 얼굴이 되어 고개를 끄덕인다. 그 미소만은 옛날 모습 그대로다.

아키오는 왠지 안심이 되었다.

석양의 모래밭에서 카후를 발견한 아이들이 모여들었다. 아키오와 시게코는 나무 그늘에 나란히 앉았다.

기분 좋은 바람이 볼을 스치면서 아키오는 옛날에 순이치가 있던 자리에 자신이 앉아 있다는 생각을 한다. '그때는 두 사람의 뒷모습을 멀리서 바라볼 수밖에 없었지.'

"이사를 한다고 하니까 괜히 허전한 기분이야. 집이 섬에 있을 때는 '언제라도 갈 수 있지.'하면서도 통 오지도 않았으면서 말이야."

바다를 향해 크게 심호흡을 하며 시게코가 말했다.

"곧 착공한다며. 두 달 후라던가."

시게코의 입으로 들으니 그것은 기정사실인 것처럼 들린다. 아키오는 아무렇지도 않은 듯 대꾸했다.

"아직 결정된 건 아니야. 전원 찬성도 아니고."

"어머, 그래 봐야 반대하는 사람은 아키오랑 무당 할머니뿐이라며. 그럼 착공하게 되는 거 아닌가."

시게코는 거침없이 말한다.

"더 이상 뻗대봐야 소용없어. 재판이라도 벌일 생각이라면 모르지만. 내가 담당했던 프로젝트에서도 그런 지주가 있었는데 마지막에는 결국 지게 되어 있어."

시게코는 "아, 참."하더니 핸드백 안을 뒤져 명함을 꺼내 아키오에게 주었다.

'○○지소 개발본부 신도심 프로젝트 매니저 야마우치 시게코'

엄청나게 큰 사업체를 움직이고 있습니다. 명함은 그렇게 말하고 있었다.

"와타루나 다른 동창들도 다들 네 걱정하더라. 싸움을 할 생각도 없겠지만 만약 마지막에 싸움이 되면 결국 네가 힘들어져. 그것만은 피하고 싶다고 순이치도 말했어."

역시 시게코는 아직도 순이치를 만나고 있구나. 아키오는 갑자기 우울해지는 마음을 어쩌지 못했다. 더 이상 아무 말도 하지 않은 채 두 사람은 바다를 바라보았다.

한참 후에 시게코가 작은 목소리로 물었다.

"아키오, 아직 혼자야?"

아키오의 가슴이 쿵쿵 뛴다.

"응, 아직."

"그렇구나."

잠시 후에 시게코가 불쑥 중얼거렸다.

"난 이혼했어. 일이 바빠지니까 남편이 싫증을 내서."

아키오는 살짝 시게코를 보았다. 하얀 옆얼굴은 말없이 바다를 볼 뿐 꼼짝도 하지 않는다.

“전 남편이 아키오 같은 사람이었으면 좋았을걸. 그랬다면 우리는 행복하게 지냈을 거야. 나를 많이 위해줬을 거고 이렇게 바다 가까이에서 평온한 나날을 보냈을 테지.”

혼잣말처럼 중얼거리고 나서 시게코는 아키오에게 얼굴을 돌렸다.

“왜 그렇게 되지 못했을까.”

촉촉해진 눈이 아키오를 바라본다. 오랫동안 잊고 있던 아련한 기억이 갑자기 고개를 쳐들었다. 그 시선에 잡히지 않으려고 아키오는 얼른 눈을 돌리는 수밖에 없었다.

해변에서 시게코와 헤어진 후에도 시게코의 말을 곱씹으면서 다른 때보다 천천히 집으로 돌아갔다.

마당에 들어서자 안방의 불이 켜 있었다. 여기저기 벗어던진 샌들이며 신발들이 툇마루 밑에 가지런히 놓여 있었다.

‘왔구나.’

아키오는 자기도 모르게 집 안으로 뛰어들어갔다. 그러나 사치의 모습은 어디에도 없다. 마당에 나와 뒷집을 들여다보니 할머니의 침실에도 불이 켜 있었다. 아키오는 그 불빛을 향해 뛰어갔다.

할머니는 방바닥에 엎드려 있었다. 머리맡의 라디오에서 오후 7시 뉴스가 흘러나왔다. 할머니 옆에도 사치는 없었다.

할머니는 아키오를 보더니 얼른 일어났다. "그대로 계세요."
아키오가 제지했지만 "아니다, 괜찮다."하며 일어나 앉았다.

"뭐예요, 이렇게 갑자기 오다니. 괜찮은 거예요?"

아키오가 묻자 흐흥, 하고 코로 숨을 내쉬며 할머니는 넌더
리가 난다는 듯 대답했다.

"병원에 오래 있어 봐야 소용없어. 퇴원시켜 달라고 떼를 써
서 나왔지."

원래 몸집이 작은 할머니였지만 더 작아진 것 같다. 오는 날
마중을 나갈 테니까 알려달라고 사치에게 알렸건만. 예고도 없
는 귀가는 아키오를 불안하게 했다.

"사치는 어떻게 된 거예요. 같이 온 거지요?"

아키오가 조심스레 물었다.

"사치? 내가 눕는 걸 보고 집으로 갔는데. 널 놀라게 해주고
싶다며 몰래 오자고 우기더라."

할머니는 기가 차다는 얼굴을 했다.

아키오에게 한 방 먹이려고 할머니와 손녀가 돌아온 것이다.
아키오의 표정에 웃음이 번졌다.

두 사람은 한참 동안 병원에서 있었던 일이며 섬에서 있었던
일을 서로에게 이야기했다. 할머니는 사치의 이야기를 할 때는

어디까지나 꼬맹이 취급이었다. 사치는 줄곧 할머니 곁에 있었던 모양이다. 아무 말도 하지 않고 손을 꼭 잡아주거나, 할머니 침대에 머리를 기대고 졸기도 하고, 서툰 솜씨로 망고 껍질을 깎기도 하면서. 아키오는 그 모습이 눈에 선했다.

"말괄량이라니까. 나중에는 몰래 들어와 입원실 바닥에서 잠을 자질 않나, 남의 밥을 새치기해서 먹지를 않나. 정말 못 당할 아이야."

사치의 이야기를 하는 중에 갑자기 할머니 얼굴이 진지해졌다. 그리고 아키오를 똑바로 쳐다보더니 험악한 목소리로 말했다.

"아키오, 너한테 말해둘 게 두 가지 있다. 잘 들어라."

할머니의 심상치 않은 모습에 아키오는 자세를 똑바로 했다. 할머니는 신탁을 알리는 표정이 되었다.

"하나는, 이 집을 팔아라."

아키오는 귀를 의심했다.

할머니는 진지한 눈길로 아키오를 바라보면서 "알았느냐? 그리고 또 하나는…." 하더니 점점 더 엄한 목소리로 변했다. 아키오는 자기도 모르게 긴장하며 눈을 꼭 감았다.

"저 말괄량이를 행복하게 해줘라."

아키오의 눈이 휘둥그레졌다.

할머니는 흐흠, 하고 고개를 돌렸다가 이윽고 천천히 아키오 쪽으로 시선을 돌렸다. 그 눈은 부드러운 빛에 가득 차 있었다. 할머니는 무슨 생각이 났는지 혼자 웃다가 다시 말했다.

"이게 내 유언이니라."

터덜터덜 집으로 돌아가니 마당 끝에서 카후가 어쩔 줄 모른 채 왔다갔다하고 있었다.

할머니 집에서 저녁밥 남은 걸 가져오는 아키오를 기다렸을 것이다. 사치가 돌아온 기척은 아직 없었다.

"미안, 오늘은 아무것도 없다."

사료를 가져다 접시에 담아주었다. 카후는 사료 접시에는 눈 길도 주지 않고 코를 킁킁거리며 이상하게 굴었다. 앞발로 땅을 긁다가 크게 한 번 짖었다. 보통 때와는 다른 고통스러운 목소리에 아키오는 고개를 갸우뚱했다.

"왜 그래? 어디 아파?"

쭈그리고 앉아 머리를 쓰다듬어주려고 했지만 카후는 아키오의 손을 피해 문 쪽을 향해 힘껏 목줄을 잡아당겼다. 뭔가를 쫓듯이 뒷발로 서서 허공에 대고 몸부림을 친다.

아키오는 일어서는 카후를 뒤에서 안아 눕히고 등을 쓰다듬어주고 부드럽게 두드려주면서 달랬다.

“도대체 왜 그러는 거야?”

편하게 해주려고 목줄을 벗긴 순간 카후는 아키오의 팔에서 빠져나가 문을 향해 뛰어나갔다.

“카후!”

아키오는 외치며 그 뒤를 쫓았다. 바다로 이어지는 길 도중에 있는 뱅골보리수 나무 모퉁이를 돌아 카후는 쏜살같이 해변으로 달려간다.

“기다려! 어디 가는 거야?”

아키오가 부르는 소리를 아예 듣지도 않는다. 해변까지 단숨에 달려간 카후는 캄캄한 바다를 향해 곧장 뛰어들었다.

카후를 쫓아온 아키오는 어깨를 들썩이며 가쁜 숨을 몰아쉬면서 물가에 멈춰 섰다.

칠흑 같은 바다는 어두운 황야처럼 펼쳐져 있었다. 한줄기 달빛이 아니면 바다와 하늘의 경계도 모를 정도로 온통 으스스한 먹빛이다. 조용히 펼쳐진 밤의 바다를 보며 아키오는 우두커니 서 있을 수밖에 없었다.

몇 미터 앞도 보이지 않는 어둠 속을 카후는 소리도 없이 헤엄쳐 간다. 필사적으로 물을 가르며 나아가는 작은 머리가 이따금 달빛에 반짝이다가 사라진다. 분명 뭔가를 향해 헤엄치고 있다.

아키오는 실눈을 뜨고 캄캄한 바다를 응시했다. 순간 깊지 않은 바닷물 저 멀리로 희미하게 하얀 점이 떠 있는 게 보였다.

아키오는 숨이 멎는 것 같았다.

— 누군가 있다.

— 하얀 옷.

다음 순간 아키오는 바다로 뛰어들었다.

어두운 물속에서 사치가 조용히 서 있었다. 아키오는 단숨에 헤엄쳐가서 사치의 어깨를 잡고 물속에서 난폭하게 껴안았다. 물은 사치의 가슴 정도 깊이였다.

아키오에게 안긴 사치는 아무 말도 없다. 아키오는 큰소리로 말했다.

"뭐 하는 거야! 왜 그러는데!"

젖은 머리칼이 얼굴에 달라붙은 채 사치는 몸을 젖혔다. 가날픈 몸이 희미하게 떨고 있다.

아키오는 거친 호흡을 내쉬며 사치의 양 어깨를 잡고 바라보다가 이윽고 말없이 사치를 안아들었다.

사치는 팔을 아키오의 목에 감고 작은 머리를 파르르 떨면서 아키오의 어깨에 기댔다. 아키오가 물을 헤치고 나가면서 차츰 사치의 몸에도 힘이 들어가기 시작했다. 힘없는 팔은 아키오의 등을 힘껏 안고 있다. 손가락 끝이 아키오를 찾아 헤매고 있는 것 같았다. 아키오의 귀에는 오열과도 같은 사치의 입김이 간간히 느껴졌다.

사치를 안아들고 해변으로 돌아와 유리 세공을 다루듯이 모래 위에 살짝 앉혔다. 물에서 나온 카후가 사치를 향해 달려왔다. 사치는 두 팔 가득 카후를 껴안았다.

"카후, 네가 나를 찾으러 와준 거야?"

사치는 떨리는 목소리로 카후에게 말했다.

"…집에 왔는데 아무도 없기에 산책하러 나갔나 싶어 해변으로 가봤어요. 그랬더니 예쁜 여자랑 같이 있기에."

쥐어짜는 목소리로 사치가 말했다.

"내가 다가가도 전혀 눈치도 채지 못했어요. 이야기에 열중해 있느라."

사치는 울고 있었다.

"깜짝 놀라게 해주려고 연락 안 하고 온 건데. 아무도 기다려주지 않았어요. 카후밖에 없었어. 카후만 나를 찾아 와준 거야. 카후만 나를 기다려줬다고."

사치는 어린 소녀처럼 흐느껴 울고 있었다. 아키오는 꼼짝 않고 사치를 바라보다가 이윽고 오른손을 내밀어 사치의 볼에 흐르는 눈물을 엄지손가락으로 닦아주었다. 아키오를 쳐다보는 사치의 눈에서 몇 줄기의 눈물이 흘러 떨어졌다.

"할머니가… 할머니가 이제 충분히 살았으니 됐다고 하셨어. 열심히 간병해드렸는데. 오래오래 옆에 있고 싶었는데. 계속… 할머니 옆에."

사치는 아키오의 오른손을 피하듯이 얼굴을 돌렸다.

"난 또 혼자가 된 거야. 어쩌면 좋지. 어떻게 살아가야 하지. 난 외톨이가 된 거야."

아키오는 고개를 푹 숙이고 있는 사치의 작고 하얀 얼굴을 두 손바닥으로 감싸들었다. 눈물이 글썽한 눈이 아키오를 마주 보고 있다. 그 눈은 이 세상에서 이 순간 오로지 단 한 사람 아키오만을 바라보고 있다.

이상하고도 강렬한 자력. 더 이상 저항할 수는 없었다. 아키오의 입술은 곧장 사치의 입술에 포개졌다.

시간이 멎어버렸다. 정말 멎어버렸다.

달빛도 물결소리도 방풍림 가지가 바람에 살랑거리는 소리도, 모든 것이 두 사람을 남기고 멀리 희미해지고 있었다.

11

와타루의 집, 작은 거실은 전에 없이 사람들로 번잡했다.

한복판에서는 순이치가 아키오의 컵에 열심히 술을 따르고 있다. 히가 다쓰오, 치넨 다카아키는 산신을 연주하고, 와타루와 쇼지와 도카시키 다카시를 비롯한 부락의 남자들이 난무를 추며 휘청거렸다. 아내들은 거실과 부엌을 오가며 쉴 새 없이 음식을 나른다.

오늘은 특별한 날이었다.

그날 부락회의에서 아키오와 할머니가 이전하겠다는 의사를 정식으로 발표했다. 회의에 참석한 사람들 사이에서 갑자기 우레와 같은 박수가 일었다. 순이치의 독촉으로 일어선 아키오는 멋쩍은 듯 자꾸 머리만 긁었다. 사람들은 하나같이 웃는 얼굴이었다. 누구나 오랫동안 이 순간을 기다려온 것이다. 아키오는 공연히 결단을 미룬 것을 진심으로 반성했다.

지주 전원의 합의를 얻어 '하이리조트 요나키'는 드디어 3개월 후에 착공하게 되었다. 그동안 빠른 속도로 지주들이 이사 갈 집이며 점포 건설이 추진될 것이다.

아키오는 어제 와타루의 집에서 순이치를 만나 할머니가 이전에 동의했음을 알렸다. 할머니가 앞으로 그리 오래 사실 수가 없다는 것, 할머니를 집에 모시고 함께 살 결심을 했다는 것, 그래서 새로운 주거가 한시라도 빨리 마련되었으면 좋겠다는 뜻을 알린 다음, 아키오는 순이치와 와타루를 거듭 놀라게 했다.

"나, 사치와 결혼할 생각이야."

그 고백을 들은 두 사람은 놀란 입을 다물지 못했다. 두 사람은 아무 대꾸도 하지 못하고 멀뚱멀뚱 아키오의 얼굴만 쳐다보고 있었다.

그들이 너무 놀라는 바람에 아키오는 어리둥절했다.

"그게… 뭐 그렇게 이상하냐?"

와타루가 침을 삼키며 물었다.

"그거 너… 사치 씨도 오케이한 거야?"

아키오는 멋쩍게 웃었다.

"아니, 사실은 아직 아무 말도 안 했어. 집도 그렇고 결혼자금이며, 다 마련되면 말할까 싶어서…. 그래서 오늘은 두 사람한테 그 상담을 하러 온 거지."

둘은 기가 막힌다는 얼굴을 하더니 순이치가 먼저 웃음을 터뜨렸다. 무슨 이상한 농담이라도 들은 듯 순이치는 배를 잡고 웃는다. 한편 와타루는 심각한 얼굴로 팔짱을 끼고 웃을 수 없는 농담에 할 말을 잃었다는 그런 분위기다.

아키오는 대조적인 두 사람의 태도에 점점 더 어리둥절해졌다. 어쨌거나 이 두 사람은 농담으로밖에는 받아들이지 않는 것 같았다.

"아! 미안, 미안해. 그냥 너무나 좀… 뭐냐, 내가 예언한대로 된 것 같아서 갑자기 웃음이 나왔네."

순이치는 눈물까지 날 정도로 재미있어하고 있었다. 남은 진지하게 이야기했건만. 아키오는 약간 불쾌했지만 순이치는 늘 이런 식이지, 하며 애써 기분을 추스렸다.

"나도 이렇게 될 거라고는 생각하지 않았는데. 그냥 왠지 우리는 가족이 될 수 있을 것 같아서."

웃음을 거두지 않는 순이치 옆에서 와타루가 석연치 않은 얼굴로 말했다.

"너 말이지, 순서가 틀렸잖아. 먼저 사치 씨한테 프러포즈를 해야 하는 거 아냐?”

아키오는 자꾸 머리만 긁적인다.

“그렇긴 한데… 나는 아무것도 내세울 게 없는 데다 가진 것
도 없잖아. 하다못해 여러 가지로 준비를 하고 나서 해야겠다
는 생각인데.”

아키오는 어두운 바다에 뛰어들어 사치를 안고 나온 그날 밤
에 결심했다.

이제는 결코 사치를 혼자 두지 않겠다고.

할머니를 모시고 사치랑 다 같이 가족이 되겠다고.

사치가 어떻게 생각하는지는 알지 못한다. 지금 생각하면 그
편지는 그냥 장난이었을 것이다. 아무 생각 없이 기분전환 삼
아 아키오를 찾아왔을 것이다. 하지만 아무튼 사치는 왔다. 그
리고 지금 실제로 여기 같이 살고 있다.

아키오는 지금 이 현실만을 바라보자고 생각했다.

사치를 행복하게 해주라는 할머니의 ‘유언’대로.

그것은 은밀하고도 중대한 결심이었다.

하지만 아키오는 자신이 없었다. 내세울 만한 게 아무것도
없는 촌뜨기를 사치가 받아들여줄까.

순이치는 겨우 웃음을 그쳤지만 여전히 유쾌한 얼굴로 말
했다.

"당연히 중요한 볼일은 봤을 테지? 어땠나, 미인의 맛이라는 건….""

와타루가 순이치를 제지했다.

"어이, 그 말은 너무 심하다."

"무슨 소리야. 결혼한다잖아. 당연한 거 아닌가."

아키오는 아무 말도 하지 않았다.

"아무튼 반가운 일인걸. 너희 집, 이전이 결정되면 즉시 착공이다. 멋진 신혼집으로 꾸며주지."

순이치는 갑자기 도전적인 어조가 되었다.

"다만 그 사치라는 아가씨한테 큼직한 다이아몬드 반지라도 주고 승낙을 받아오도록 해."

그 말을 곧이곧대로 받아들인 아키오는 점점 더 당황스러웠지만, 와타루는 여전히 못마땅한 듯 순이치에게 말했다.

"그런 걸 이 친구가 무슨 재주로 하냐. 웃기는 소리 하지 마라, 짜식."

와타루는 뿌루퉁해서 거실을 나가버렸다. 와타루는 두 사람이 집에 돌아갈 때도 내다보고 인사조차 않았다.

오늘 집회 후 순이치는 한껏 부드러운 얼굴로 아키오에게 술잔을 권했다.

"프러포즈는 어떻게 되어가고 있냐?"

넘칠 듯이 술을 부어주면서 순이치가 귓가에 대고 속삭였다. 아키오는 고개를 가로저었다.

"설마, 어떻게 그렇게 당장…."

"괜찮아. 부딪혀 보는 거야. 인생은 승부야. 뭐하면 내가 나서서 코치해줄까."

순이치는 그 방면에서는 백전노장일 것이다. 아키오는 진심으로 코치를 받고 싶은 생각이 들었다.

"좋아, 아무튼 마셔. 미리 축하하지."

순이치가 부추기는 옆에서 다쓰오가 의심쩍은 손길로 빈 잔을 내밀었다.

"어이, 아키오, 그 이야기 잊지 않았지. 트레이드 건 말이다. 순이치, 자네가 생각해낸 거잖아?"

순이치는 얼른 다쓰오의 잔에도 술을 부었다.

"아아, 다쓰오 씨. 이제 와서 무슨 말을 하는 겁니까. 이제 트레이드 건은 물 건너 간 거 아닙니까. 안 그래, 아키오?"

당연하다. 이제 와서 무슨 소리. 아키오는 화가 울컥 치밀었다.

"어어, 그런가. 유감이군."

다쓰오는 단숨에 술을 마시더니 크게 한숨을 내쉬고 나서 씨익 웃었다.

"아, 난 말이지 그 아이를 어디서 만났는지 이제야 생각이 났어."

아키오와 순이치는 동시에 움직임을 그쳤다. 다쓰오는 거만하게 고개를 쳐들었다.

"그 유명한 설국 리조트호텔이었어. 틀림없어."

그렇게 말하고 나서 고래고래 섬노래를 부르기 시작했다. 그러자 남자들이 일어나 춤을 추었다.

"쳇, 많이 취했군."

순이치는 혀를 차고 나서 자기도 술잔을 들고 단숨에 마셨다. 아키오는 술이 든 잔을 들고 한동안 꼼짝도 하지 않았다.

그로부터 며칠 동안은 이런저런 일로 분주해졌다.

새집은 3개월 후에 완성된다고 하지만, 두 집 분의 이삿짐이라 서둘러 준비를 시작하기로 했다. 할머니가 무리를 해서는 안 되기 때문에 매일 식사준비도 아키오 몫이 되었다. 가게를 사치에게 맡기고 할머니 집과 자기 집을 오락가락했다. 설비회사와 새집에 대한 논의도 시작되었다. 사치도 이따금 그 논의에 가담했다. 새집 착공은 9월 25일로 정해졌다. 사치는 신이 나서 달력에 동그라미를 쳤다.

그런 모습을 볼 때 당장이라도 청혼을 하면 받아줄 것 같기도 했지만, 아키오는 혼자 도리질을 하면서 꾹 눌러 참았다.

아키오의 방 이부자리 밑에는 푸른색 표지의 팸플릿이 숨겨져 있었다.

그 연회가 있은 지 사흘 후에 우송된, 고급 브랜드 반지가 소개되어 있는 카탈로그였다.

"이걸 보고 NO라고 말할 여자는 이 세상에 없을 거다. 분발해라. 순이치가."

라는 메모가 되어 있다. 이러니 순이치는 여자들에게 인기가 있는 거구나, 하는 생각이 든다. 순이치 같은 센스는 아키오로서는 아무리 용을 써도 나올 수 없을 터.

카탈로그에는 다이아몬드 반지가 지면이 좁다 싶게 잔뜩 소개되어 있었다. 뭐가 다른지는 모르지만 제일 싼 것도 30만 엔, 가장 비싼 건 3백만 엔이었다. 아키오는 머리가 어질어질했다.

결혼에 필요한 자금을 계산해 보았다. 약혼반지가 30만 엔, 결혼반지 20만 엔. 결혼식에 20만 엔, 피로연 100만 엔, 두 집 살림 이사비용 20만 엔, 가구며 살림장만이 50만 엔, 합치면 240만 엔이다.

지금까지 장사를 해왔다곤 하나, 물건을 떼어다 적은 이문으로 파는 게 고작이라 이렇다 할 저축도 없다. 아키오는 눈앞이 캄캄했다. 이리저리 절약을 해도 최소한 100만 엔은 들 것 같았다. 순이치의 회사와의 계약은 이 땅을 내놓는 대신 서쪽 해변 땅과 새집과 점포 건물을 회사측이 마련해주는 것이라, 현금은 전혀 나오지 않는다.

아예 대놓고, 아무것도 가진 게 없지만 나한테 시집오겠느냐고 말하고 싶다.

아무것도 없다는 것은 사치도 잘 알고 있을 터. 하지만 구체적인 상황을 알고도 과연 고개를 끄덕여줄까.

카탈로그 책장이 꾸깃꾸깃해질 정도로 이리저리 펼쳐보다가 가장 싼 반지 사진에 매직펜으로 동그라미를 쳐놓았다.

그것을 바라보며 끙끙대고 있는데 와타루에게서 전화가 왔다. 이사 전에 마지막 모임을 연다고 한다. 물론 모임을 빙자한 술자리였다. 아키오는 갑자기 어떤 생각이 떠올랐다.

이번 모임의 총무는 아키오 차례였다. 총무는 예금액을 결정할 수 있다. 친목회에 늘 참가하는 사람은 아키오를 제외하고 초, 중학교 동창 열 명. 한 사람당 10만 엔의 출자를 부탁하면 어떨까. 그리고 특별히 기간을 정해 그것을 빌린다. 지금까지 만 엔 이상의 출자를 부탁한 회원은 없었다. 그러나 사정을 설명하면 분명 모두들 동의해줄 것이다. 갚는 기한은 좀 기다려

달라고 하고, 순이치와 의논해서 현금을 어떻게든 염출해보자.

아키오는 마음을 다잡았다.

그날 밤 친목회에서 아키오의 사정설명을 들은 모임 참가자 열 명은 하나같이 놀라움을 감추지 못했다.

"결혼? 너, 벌써 취한 거 아니냐?"

다카시가 농담으로 얼버무리며 말했다. 무엇보다 이 모임이 시작된 지 10년 이래 최고액이었다. 분명 모두들 동요하고 있다. 와타루는 내내 꼼짝도 하지 않고 떨떠름한 얼굴을 하고 있었다.

"그 아가씨를 상당히 좋아하는구만."

다른 하나가 감탄한 듯 말했다. 그러더니 잔을 높이 쳐들고 큰소리로 외쳤다.

"도모요세 아키오, 남자는 승부다. 잘해봐라!"

그에 호응하여 다른 친구들도 환성을 지르며 잔을 들었다. 박수가 터지고, 그때부터 회원들은 아키오를 들어올리기도 하고 껴안기도 하고 머리에다 술을 붓기도 하며 법석을 떨었다. 아직 결혼이 정해진 것도 아니건만 이렇게 해놓고 거절당하기라도 했다가는 낭패였다.

아키오는 점점 더 마음을 굳게 다잡았다.

사흘 후에 10만 엔씩을 갖고 와서 다시 와타루의 집에 모여한 잔을 하는 걸로 결정되었다. 와타루 혼자만 시종 뭔가 석연치 않은 얼굴을 했지만, 마음이 들뜬 아키오는 크게 마음에 두지 않았다.

술 냄새를 풍기며 집에 돌아온 아키오를 사치는 환영하지 않았다.

"좋겠네. 혼자 기분 내고."

하며 심술이 난 얼굴이다. 아키오는 비틀거리며 자기 방으로 들어가 이부자리 위로 엎드렸다. 그리고 푸른색 표지의 카탈로그를 펼쳐놓은 채 코를 드르렁거리며 잠이 들었다.

사흘 후에 카후와 산책에서 돌아오니 툇마루에서 사치가 웃는 얼굴로 손님을 대접하고 있었다.

야마우치 시게코였다.

아키오를 보더니 시게코는 전처럼 미소를 지었다. 사치는 아키오에게 "이제 오시네요."하더니, 시게코에게는 "그럼 놀다 가세요."하고는 안으로 사라졌다.

시게코가 앞에 있으니 이상하게 가슴이 뛴다. 왠지 아키오는 마음이 불편해졌다.

"미안해, 항상 불쑥 나타나서. 우리 부모님 내일 이사한다기에 도우러 왔다가 마지막으로 한 번 만나고 싶어서."

섬 밖으로 나가는 세대들의 이사가 서서히 시작되고 있었다. ‘마지막으로’라는 말에 아키오는 잠시 쓸쓸해졌지만 웃으면서 말했다.

“우리도 이사하기로 했어. 재판까지는 안 해도 될 거야.”

시게코는 대꾸 대신 미소를 지었다.

“그 얘기 들었어. 그런데 더 좋은 일도 있다며.”

시게코는 아키오를 똑바로 바라보며 말했다.

“결혼한다면서? 축하해.”

순간 아키오는 당황하고 말았다.

“아니, 그냥 저… 나 혼자 생각이야. 아직 그녀한테는…. 그런데 누구한테 들었어.”

“누군 누구야, 순이치지.”

시게코는 쿡쿡 웃었다.

“저… 방금… 그녀한테 그 이야기 한 거야?”

“어머, 말하면 안 되는 거야?”

“뭐야, 말해버린 거야?”

“농담이야, 농담. 아키오, 참 재미있다. 그 모습이 옛날 그대로야.”

온몸에서 식은땀이 흘렀다. 시게코가 사치에게 결혼을 축하한다는 말을 했다면 일생일대의 계획이 물거품이다.

"예쁘게 생긴 사람이네. 굉장히 순수하고. 아키오가 결심한 것도 이해가 가."

시게코가 부드러운 목소리로 말했다.

"부럽네. 앞으로 내가 걷지 못한 길을 그녀는 아키오랑 함께 가는 거겠지?"

시게코는 후훗, 하고 수줍은 듯 웃더니 일어섰다.

"안녕. 행복하게 살아."

쓸쓸한 듯한 미소는 그대로 저녁 어둠 속으로 사라졌다.

친목회에 갈 시간이 다가왔다. 사치는 아까 들어간 이후로 손님방에서 나오지 않는다. 모임에 가기 전에 할머니 집에 저녁식사를 하러 가자고 했더니, "점심을 늦게 먹었더니 생각이 없어요."라는 쌀쌀맞은 대답이 돌아왔다.

시게코가 다녀 간 일이 신경이 쓰이는 걸까.

그런 생각이 들자 괜히 가슴이 뿌듯했다. 와타루 집으로 가는 길에 콧노래가 나온다.

와타루네 집 거실은 어느새 술판이 벌어져 있었다. 아키오가 나타나자 환성이 터졌다. 아키오는 겸연쩍은 얼굴을 하고 쏟아지는 박수갈채 속으로 들어갔다.

"잘 해야 돼. 다들 밀어줄 모양이니까."

건네받은 봉투는 두툼하고 묵직했다. 아키오는 이렇게 쉽게 큰돈을 마련했다는 사실에 갑자기 긴장이 되었다. 옛날 친구들의 돈독한 우정에는 정말이지 고개가 절로 숙여졌다. 이렇게까지 했는데 만약 사치가 결혼을 받아들여주지 않으면 어떻게 되는 걸까. 그야말로 배수진이었다.

"그걸로 뭘 어떻게 할 거냐?"

맥주로 건배를 한 후 다카시가 기다리다 못해 물었다.

"우선 통신판매로 다이아몬드 반지를 살 거야."

아키오가 얼굴에 홍조를 띠면서 대답한다.

"다이아몬드라. 그리고."

"그걸 갖고 아마 남쪽 해변으로 가서…."

"우우, 그래서."

"아내가 되어 달라고 할 거야."

와아, 하는 환성이 터졌다. 모두들 유쾌한 기분이었다. D데이는 언제가 되는 건지, 사치는 어떻게 대답할지, 결혼식은, 신접살림은, 아이는 몇을 낳을 건지, 나아가서는 묘지 이야기까지 끊임없이 나와 밤이 깊어갔다.

이제 술자리를 끝내야 할 시간이 되었다. 옛 친구들은 한 사람씩 아키오와 악수를 하고 유쾌한 기분 그대로 돌아갔다. 아키오는 몇 번이고 고맙다는 인사를 하고, 큰돈이 든 봉투를 다시 종이봉투에 넣고는 위에서 두 번 툭, 툭, 두드렸다. 와타루에게 인사를 하고 돌아가려고 하는데, "데려다 줄게."하고 나선다. 그런 일은 잘 없었기 때문에 아키오는 이상하게 생각했지만 "큰돈을 들고 가는 길이잖나."라는 말에 납득했다.

시원한 밤바람이 불어오는 길을 두 사람이 나란히 걸었다. 집을 나왔을 때부터 와타루는 입을 꾹 다물고 눈을 내리 뜬 채였다. 아키오는 종이봉투를 꼭 껴안고 의기양양하게 걷다가, 갑자기 와타루가 유난히 말이 없는 것을 보고 묘한 생각이 들어 물어보았다.

"왜 말이 없어. 무슨 일 있나?"

여전히 와타루는 입을 꾹 다물고 있다. 아키오는 하는 수 없이 자신도 조용히 걸었다. 여기저기 벌레 우는 소리가 난다. 조금씩 가을의 기척이 스며들고 있었다.

갑자기 와타루가 발길을 멈췄다.

"아키오."

조금 앞서서 걷고 있던 아키오는 멈춰 서서 돌아다보았다.

"사치 씨랑 결혼하는 거 단념해라."

너무나 뜻밖의 말이 아키오의 고막을 울렸다. 어두운 밤길이었지만 와타루의 굳은 표정은 목소리만 듣고도 짐작할 수 있었다.

"왜?"

간신히 되묻는 아키오.

"아무튼 안 돼."

"그러니까 왜 안 되는 거냐고?"

"안 되는 일이야. 이유는 나한테 묻지 마."

와타루의 목소리가 떨리고 있었다. 두려움일까, 분노일까. 늘 활달하던 와타루의 그런 목소리를 아키오는 들어본 적이 없었다. 다음 말을 들어서는 안 된다는 생각이 문득 들었다. 하지만 아키오가 귀를 막기도 전에 이미 그 말은 아키오의 귀를 파고들었다.

"그 아이, 순이치의 여자야."

12

다음날 아침 가게를 열 시간이 되었지만 아키오도 사치도 제각기 방에서 나오지 않았다.

기다리다 못한 카후가 마당 끝에서 짖기 시작했다.

"어머, 어쩌지. 벌써 아홉 시 반이네. 가게 문 열어야 하는데. 앗, 할머니 아침식사!"

허둥대는 혼잣말과 함께 콩콩거리는 가벼운 발소리가 복도를 달려간다.

"와아, 미안해, 카후. 금방 산책하러 데려가 줄게. 술주정뱅이 오빠는 아직 안 나왔지."

일부러 큰소리로 말하는 소리가 들린다. 이윽고 사슬을 푸는 소리가 나고 발소리가 멀어져갔다.

아키오는 밤새 한숨도 자지 못하고 천장 한 점을 응시한 채 아침을 맞았다.

와타루의 고백은 아키오에게 충격이었다.

순이치와 와타루가 아키오의 집에서 밤새 전통술을 마시던 날. 불단 앞에 올려놓은 '사치'로부터의 편지를 두 사람이 발견했다고 한다.

순이치가 이 장난스러운 편지를 이용하자며 한 가지 꾀를 냈다. 아키오에게 결혼할 생각을 하게 만들어놓고 새집을 지어 이사하게 하자.

일단 생각을 하면 즉시 실행에 옮기는 순이치는 와타루의 제지를 뿌리치고 즉각 자신이 사귀고 있는 신인 여배우에게 연락을 했다. 좋은 여자지만 씀씀이가 헤퍼 빚을 안고 있었다. 이 게임에 성공하면 보수로 100만 엔을 주겠다고 꼬드겼다.

그녀가 섬에 있는 동안 들키지 않도록 주의에 만전을 기한다. 일체 연락을 끊고 순이치가 섬에 가도 절대 만나지 않는다. 무슨 일이 있어도 아키오의 옆을 떠나지 않고 결혼할 생각을 하게 만드는 것이 그녀의 역할이었다. 섬에 가기 전에 50만 엔을 지불한다. 아키오의 이전이 정해지고 약혼반지 하나라도 받으면 즉시 도쿄로 돌아가라, 잔금은 그때 지불하겠다고 지시했다는 것이다.

와타루는 어릴 때부터 절친한 친구 두 사람, 즉, 속이는 쪽과 속는 쪽 사이에서 이제는 더 이상 참을 수 없다며 털어놓았다. 그리고 아키오에게 깊이 고개를 숙이고 사과했다.

"미안해. 좀 더 일찍 말해줬어야 했는데. 하지만 나도 어쩔 수 없었어."

와타루는 이어서, "네가 한시라도 빨리 이전을 결심하도록 하자는 마음에 순이치의 약은 수작에 그만 넘어가 버렸다. 이전이 정해지고 나서 모든 걸 털어놓다니, 나도 나쁜 놈이지." 하며 자신을 책망했다.

와타루의 고백을 들으면서 아키오는 자신이 점점 냉정해지는 것을 느꼈다. 와타루의 이야기를 들으니 모든 아귀가 맞아떨어졌다.

편지를 읽고 나서 사치가 오기까지의 타이밍.

카후가 아무리 극성스럽게 짖어대도 가게 쪽으로는 가지 않고 꼭 뒷마당 쪽으로 오곤 했던 순이치.

레스토랑에 갔던 날 밤에 차 안에서 사치에게 원망의 말을 들을 때, 딱 한 번 순이치의 이름이 나온 적이 있었다. 그때 사치의 눈.

분명 남쪽 해변 이외에 아무 데도 가지 않고 거의 아키오 옆에 있었다.

온몸에서 차가운 피가 급류처럼 곤두박질하고 있는 것을 아키오는 남의 몸처럼 멀리서 느끼고 있었다.

"가련하게도."

천장을 바라보면서 아키오가 불쑥 혼잣말을 했다.

가련했다. 사치가 가련해서 견딜 수가 없었다.

순이치에게 이용을 당하고 돈 때문에 이런 데까지 오다니.

할머니를 보살피고, 카후를 보살피고, 가게 일을 필사적으로 돕고.

좋아하지도 않는 남자한테 그런 식으로 매달리고.

만약 아키오가 요구했다면 몸도 허락했을 것이다.

속았다는 허탈함도, 분노도, 서글픔도 없었다.

가슴에서 치밀어오르는 것은 뭐라 형용조차 할 수 없는 기분이었다.

숨조차 쉴 수 없는 애절한 마음.

격렬한, 미칠 듯한 가련함.

부엌에서 템포가 서툰 도마소리가 들린다.

라디오에서는 오후 7시 뉴스가 흘러나오고 있었다. 개수대의 어둑한 형광등 밑에서 사치가 열심히 야채를 썰고 있었다.

불쑥 부엌 입구에 나타난 아키오를 보고 놀란 듯이 사치는 손놀림을 멈췄다.

“미안하군, 엉망으로 취해서…. 가게도 나가지 못하고.”

사치는 걱정스럽게 아키오의 얼굴을 들여다본다. 핏기가 없다.

“암만 기다려도 나오지 않기에 무슨 일인가 했어요. 물 마실래요? 약은?”

“아니, 저녁준비 해야지.”

“괜찮아요. 내가 아침, 점심 다 지었어요. 할머니도 잘 드셨는걸요. 내친 김에 저녁까지 내가 할게요.”

아키오는 힘없이 웃으며 말없이 부엌에서 나왔다.

방에 돌아와 하루 종일 누워 있던 이부자리에 그대로 다시 벌렁 드러눕는다. 그리고 부엌에서 들려오는 소리에 귀를 기울인다.

냄비 뚜껑을 바닥에 떨어뜨리는 소리, 힘차게 수돗물이 나오는 소리, 부산스럽게 냉장고를 여닫는 소리, 찻잔을 찾아 서랍 여기저기를 열었다 닫았다 하는 소리.

사치가 열심히 할머니의 저녁식사를 준비하고 있다.

아키오의 얼굴에 쓸쓸한 웃음이 퍼졌다.

이것이 동화 같은 이야기의 결말인가.

아키오는 어릴 때 어머니나 할머니가 들려준 아름다운 여자가 나오는 이야기를 하나하나 떠올리고 있었다. 은혜 깊은 학,

엄지공주, 선녀의 날개옷….

그녀들의 진짜 모습을 알아버리면 어떻게 될까.

그 답은 생각할 것도 없었다.

아키오는 안방 앉은뱅이 밥상 앞에서 혼자 가부좌를 틀고 멍하니 앉아 담배를 피우고 있었다. 잠시 후 할머니 집에 가있던 사치가 돌아왔다.

못된 장난을 치다가 들킨 자식을 발견한 어머니처럼 "이런!" 하고 외치며 사치가 불단이 있는 안방으로 뛰어들어왔다.

"금연하기로 했잖아요. 이러면 못쓰지."

장난기가 잔뜩 섞인 사치의 말에 아키오는 고개도 들지 않고 깊이 들이마신 연기를 토해냈다.

"더 이상은 못 피우게 할 거야."

사치가 자못 토라진 듯 말하더니 담뱃갑을 쓰레기통에 던져 넣고는 아키오가 피우던 담배를 재떨이에 비벼 껐다.

사치는 "그만."하며 심통이 난 얼굴을 보이고 나서, 앉은뱅이 밥상 위에 덮어둔 신문지를 바라본다. 신문지 밑에는 사치가 차려놓은 저녁식사가 그대로 있었다. 손도 대지 않았다는 것을 알고 사치는 실망한 듯 말했다.

"뭐야, 안 먹었네요. 기껏 차려놓았는데. 할 수 없지, 음식솜

씨가 형편없는 걸 어떻게 해. 하지만 오늘 메뉴는 '스펀지조림'
이 아니라고요."

아키오는 옆얼굴로 웃었다. 사치도 조금은 안심한 듯 웃었다.

"그럼 카후 줘야지. 카후, 넌 누가 만들었는지 차별하지 않
고 먹어줘라. 그래, 알았어."

신이 나서 꼬리를 흔드는 카후의 접시에다 남은 음식을 덜어
주고 머리를 쓰다듬어 주었다. 카후는 맛있게 먹고 있다.

"저거 봐. 그래. 맛있게 먹네."

툇마루에서 카후를 보고 있던 사치는 신이 난 목소리로 말하
더니 아키오를 돌아다보았다. 아키오는 조용히 미소를 지으며
사치를 바라본다. 사치는 후훗, 하고 웃더니,

"차, 준비할게요."

하고 부엌을 향해 종종걸음으로 나갔다.

펼쳐서 덮어놓은 신문지 옆에서 사치가 차를 우려내고 있었
다. 아키오는 찻주전자 뚜껑에 하얀 손가락이 가지런히 닿는
것을 잠자코 바라보고 있었다.

사치는 차를 마시다가 "아!"하고 뭔가 생각이 난 얼굴을 했
다. 천천히 찻잔을 이마에 대더니 주문처럼 뭐라고 중얼거렸다.

"우 토 투 차 카후 아라시미소리(아무쪼록 늘 행복하기를)."

아키오와 눈이 마주치자 장난스럽게 웃는다.

"할머니가 식사 후에 항상 외우는 주문. 오늘 배운 거예요. 복이 들어오는 주문이래요. …카후 아라시미소리(행복하기를)."

사치는 차를 한 모금 마시더니 다시 툇마루로 나가 앉았다. 그리고 방 안을 들여다보는 카후를 보고 말을 걸었다.

"할머니가 오늘에야 가르쳐주더라. 네 이름이 왜 카후인지."

사치는 기분 좋은 얼굴로 아키오를 돌아다본다.

"카후, 너랑 나는 이름이 같단다."

아키오는 아무 말도 하지 않는다. 그저 조용히 바라보기만 한다. 사치는 입을 다물었다.

사치는 시선을 둘 곳을 몰라 다시 카후를 향해 고개를 되돌린다. 카후는 사치와 아키오의 얼굴을 힐끔힐끔 번갈아 쳐다보고 있다.

"할 이야기가 있는데…."

아키오가 불쑥 말했다. 사치는 돌아보지 않았다.

"들어주었으면 하는데."

사치는 그제야 돌아본다. 불안한 얼굴이다.

앉은뱅이 밥상을 사이에 두고 조금 떨어진 곳에 사치가 똑바로 앉았다. 아키오의 시선 끝에는 가지런히 모아 앉은 하얀 무릎이 있었다. 처음 사치가 찾아왔을 때 시선을 빼앗긴 반들반들한 무릎.

둘 다 고개를 푹 숙이고 아무 말도 없이 얼마나 지났을까.

벽시계에서 째깍, 째깍 바늘소리만 들린다.

"나, 결혼하기로 했어요."

사치가 천천히 고개를 들었다.

아키오는 사치와 눈을 마주치지 않고 그대로 계속 말을 이었다.

"지난번 왔던 그 사람… 야마우치 시게코와 결혼하기로 했어요."

사치는 여전히 말이 없다.

"지금 도쿄에서 일하고 있는데 결혼하면 섬으로 돌아온다더군요. 할머니 시중도 들겠다고, 그리고….'

"거짓말."

사치가 떨리는 목소리로 말했다.

"이제 곧 같이 새집으로 이사할 건데. 할머니랑 나랑."

"그건 결혼이 결정되기 전이었기 때문에…. 어쨌든 갑작스러울지 모르지만."

"거짓말이야."

"그녀는 다음 주에 도쿄로 갔다가 여기로 올 거예요."

"다음 주는 새집 착공이에요."

"잘 들어요."

아키오는 목소리를 높였다. 사치는 따귀라도 한 대 맞은 사람처럼 얼굴을 홱 돌렸다.

아키오는 등 뒤에 감춰두었던 푸른색 표지의 팸플릿을 상 위에 올려놓았다.

"이미 반지도 골라놓았어요."

펼친 페이지에는 다이아몬드 반지가 잔뜩 나와 있다. 그중 하나에 매직펜으로 동그라미가 쳐 있었다.

사치는 집어삼킬 듯이 꾸깃꾸깃해진 페이지를 들여다보면서 한참 동안 미동도 하지 않았다.

아키오는 언젠가처럼 상 위에 봉투를 올려놓고 천천히 사치 쪽으로 밀었다. 두터워 보이는 봉투는 팸플릿 위에서 멈췄다. 사치는 눈을 부릅떴다.

"이건 그동안 도와준 사례비. 100만 엔입니다."

사치는 마른침을 삼켰다.

"그러니까… 여기서 나가주었으면 하는데."

아키오는 더 이상 아무 말도 하지 않았다. 길고 긴 침묵이 다시 찾아왔다.

한참 동안 봉투만 바라보던 사치의 하얀 손가락이 천천히 움직였다. 그리고 두 손으로 봉투를 집어들고 가슴에 껴안았다.

잠시 후에 멀리서 들려오는 듯한 조용한 목소리가 말했다.

"행복해지겠다고 약속해 줄래요?"

아키오는 천천히 고개를 들고 사치를 바라본다.

사치는 일직선으로 아키오를 응시하고 있었다. 아키오의 마음 저 깊은 곳까지 모든 것을 꿰뚫어보는 듯한 맑은 눈이다.

아키오는 조용히 그리고 따뜻한 목소리로 대답했다.

"약속하죠."

사치의 입가가 미소를 짓듯이 희미하게 움직인다.

"그 사람을 소중하게 아끼겠다고 약속해주세요."

바다 같이 깊은 시선을 마주 바라보면서 아키오는 분명한 어조로 말했다.

"소중하게 여길게요."

눈물이 글썽한 사치의 눈이 깊이깊이 아키오를 쫓고 있었다.

"그 사람을 사랑하는군요."

아키오는 숨을 쉴 수가 없었다.

'사치, 당신을…'

여기까지 마음속으로 중얼거리고 나서 입을 열었다.

"사랑하고 있어요."

조용히 감은 사치의 눈가에서 눈물이 한 줄기, 또 한 줄기 볼을 타고 흘렀다. 눈물은 방울방울 떨어져 사치가 가슴에 꼭 껴안은 봉투를, 팸플릿의 다이아몬드 반지를 적셨다.

아키오는 사치를 거세게 껴안고 싶은 충동과 싸우면서 아무 말 없이 어금니를 악물었다.

두 사람 사이에는 낡은 앉은뱅이 밥상이 가로놓여 있었다.

하지만 그것은 영원히 넘을 수 없는 거리가 되었다.

눈도 코도 새빨개진 사치는 아키오와 눈이 마주치자 겸연쩍은 듯 웃었다. 그 눈부신 미소를 마주 바라볼 수가 없어서 아키오는 눈을 꼭 감았다.

그날 하늘 빛깔을 아키오는 아마 평생 잊지 못할 것이다.

아키오의 방 열린 창으로 보이는 네모나게 잘라진 높고 높은 하늘.

9월도 다 가고 있건만 힘이 잔뜩 들어간 소나기구름이 창틀에서 밀려나오듯 피어오르고 있었다.

아침 아홉 시, 아키오는 이부자리에 큰 대자로 누운 채 하늘을 바라보고 있었다.

사치의 방 미닫이문이 살며시 열리는 소리가 들렸다. 이어서 복도를 맨발로 걷는 발소리. 부엌으로 가다가 갑자기 멈춰 서더니 되돌아온다. 그리고 아키오의 방 문 앞에서 멈췄다.

아키오는 숨을 죽이고 꼼짝도 하지 않았다.

잠시 후 발소리는 안방으로 향했다. 조금 있다가 카후의 사슬이 찰랑 소리를 냈다. 카후가 코맹맹이 소리를 내고 있다. 해변으로 같이 갈 수 있는 줄 아는 모양이다. 코를 킁킁대는 소리가 잠시 들린다.

이윽고 카후가 한 번, 두 번 짖는다. 오랫동안 쉬지 않고 쫓아가듯이 짖고 있다.

그러다가 드디어 조용해졌다.

아키오는 파란 하늘에 빨려들기라도 하듯 움직이지 않는다.

그 상태로 얼마나 시간이 흘렀을까. 갑자기 카후가 크게 한 번 짖었다.

아키오는 튕기듯 일어났다.

'…돌아온 걸까?'

누워 있던 방에서 나가 안방으로 뛰어들어갔다. 카후가 돌담 너머를 보면서 끊어질 듯이 꼬리를 흔들고 있는 것이 보인다. 아키오는 맨발로 마당으로 뛰어나갔다.

바다로 이어지는 하얀 길은 아침 햇살에 눈부시게 반짝이고 있다. 저 멀리 모퉁이에서 벵골보리수 나무가 흔들리고 있었다.

바닷바람이 불어오는 낯익은 길에 하얀 원피스는 이제 보이지 않았다.

13

항구로 다가오는 배가 보이자 아이들은 괴성을 지르며 신이 나서 방파제를 뛰어다니기 시작했다. 그 뒤를 네 마리의 검은 개가 앞서거니 뒤서거니 쫓고 있다.

오늘은 쇼지 일가가 섬을 떠나는 날이다.

사람에게도 이별의 날이지만 어미 개와 형제 개들에게도 이것이 마지막이 될 것이다. 아키오, 와타루 일가, 몇몇 섬 주민들이 배웅하러 나와 있었다. 기적 소리가 울리고 배가 도착했다. 내리는 승객은 적고 이제는 관광객의 모습도 거의 볼 수 없다.

"쓸쓸해지겠네. 쇼지네 식구들이 없어지면."

와타루가 우울한 목소리로 말했다. 두 마리 개의 목걸이에 사슬을 이어놓고 나더니 쇼지는 힘껏 등을 펴고 아키오와 와타루를 향해 섰다.

"정말 신세 많았습니다. 이 섬, 그리고 여러분 모두 절대로 잊을 수 없을 겁니다."

햇볕에 그을은 동안이 일그러지는 것을 보고 아키오는 밝은 목소리로 말했다.

"언제라도 돌아와. 기다릴 테니까."

쇼지의 눈에는 눈물이 반짝이고 있다. 땀을 닦는 척하며 손수건으로 얼굴 전체를 닦았다. 와타루가 그 어깨를 힘껏 두드렸다.

"초데, 치바리요(형제여, 힘을 내게)!"

쇼지는 크게 고개를 끄덕였다. 다쿠미가 아키오의 셔츠 자락을 잡아당겼다.

"아저씨, 누나는?"

"이 녀석이…! 됐으니까 빨리 배에 타."

쇼지가 얼른 다쿠미의 등을 쿡쿡 찔렀다. 다쿠미는 그런데도 여전히 아키오를 빤히 쳐다보고 있다.

"보물은 찾은 거예요?"

"보물?"

아키오는 쪼그리고 앉아 다쿠미의 얼굴을 들여다보았다.

"보물이라니 무슨 소리야?"

"응. 누나가 그랬어. 좋은 데다 감췄다고."

그리고 나서 다쿠미는 "바이바이."하고 손을 흔들었다.

쇼지와 아내는 연거푸 고개를 숙여 인사를 하면서 배에 올라
탔다.

다시 한 번 크게 기적이 울리고 배는 항구를 떠났다. 이윽고
감색에 가까운 파란 하늘과 바다 사이에서 그 모습은 사라졌다.

깔끔하게 정리된 할머니 집의 휑한 부엌에서 아키오가 생선
을 굽고 있었다.

그릇 하나, 냄비 하나, 칼과 도마, 찻잔과 국그릇, 접시 두 벌
씩. 그 밖의 물건은 모두 처분했다.

할머니의 다른 소지품도 마찬가지로 기모노 두세 벌만 남기
고 대부분 처분했다. 아키오는 아깝다고 했지만 할머니는 몽땅
내다 버리라고 엄명을 내렸다. 마치 죽으러 가는 준비라도 하
는 것 같아 아키오는 불길하게 생각했지만 할머니는 도무지 거
침이 없었다.

밥상 위에 저녁식사를 차린다. 구운 생선, 고야(아열대 채소로
오이 비슷한 것 역자)조림, 밥, 된장국.

두 사람은 묵묵히 젓가락을 입으로 가져가고 국물을 들고 마

신다.

할머니는 몇 술 뜨지도 않고 "구와치 사비탄(잘 먹었다)!"하며 젓가락을 놓는다.

이제 식사할 기력조차 힘에 부치는 것 같았다. 말없이 자리에 눕는다. 아키오는 저녁밥 남은 것을 그릇에 담아 텔레비전을 켜놓고 방을 나왔다. 최근 할머니는 텔레비전을 아침까지 켜놓고 자는 일도 많은 것 같았다.

귀가하는 아키오를 카후가 껑충껑충 뛰며 반긴다.

순식간에 접시를 비우는 모습을 보고 나서 우편함을 열어보러 간다. 속달 우편이 한 통, 전기요금 고지서 하나. 터덜터덜 마당을 가로질러 샌들을 벗어던지고 안방 불단 앞에 벌렁 눕는다. 그대로 조용히 눈을 감는다.

벽시계가 째깍, 째깍, 정확하게 시간을 가리키고 있다.

가게의 점심휴식 시간에 전화가 왔다. 와타루였다. 오랜만에 돌아온 순이치가 보여주고 싶은 게 있으니 아키오와 함께 집으로 오라고 했다며 알린다.

"내키지 않으면 안 가도 돼."

수화기 너머로 와타루가 더듬더듬 말했다.

"아니, 갈게. 저녁 먹고 나서 가도 되겠지."

아키오는 평정을 가장했지만, 가슴이 쿵쾅거리는 고동은 억제할 수가 없었다.

사치는 어떻게 하고 있을까. 그 소식을 들을 기회였다.

사치가 나가고 나서 아키오는 와타루에게 자신이 모든 것을 알고 있다는 사실을 절대로 순이치에게는 말하지 말아달라고 부탁했다. 어린 시절 친구끼리 앞으로도 불편한 관계가 되는 게 싫었고, 무엇보다 사치를 편안하게 해주고 싶었다. 아키오가 100만 엔을 줬고 또 순이치에게서 나머지 사례비도 받았을 테니까 그대로 두고 싶었다. 사치가 조금이라도 거북한 마음을 갖게 되는 것만은 무슨 일이 있어도 피하고 싶었다. 사치가 나간 다음날 아키오는 처음으로 순이치의 휴대전화에 전화를 걸었다. 그리고 멋지게 차였다며 웃었다. 당황하는 순이치에게 아키오는 차분하게 말했다.

"그러니까 새집은 필요 없어. 할머니가 수술을 하시도록 하고 가게를 처분하고 나하로 이사할 거야. 미안하지만 전출보증금을 현금으로 줄 수 있겠나?"

하지만 오늘 밤 순이치에게 모든 것을 털어놓고 사치의 상황을 묻고 싶다. 아키오는 참을 수 없는 심정이 되었다.

― 건강한가.

― 빚은 다 갚을 수 있었을까.

— 상처는 받지 않았을까.

아키오는 할머니 집에서 저녁을 먹고 나서 라이트밴을 몰고 순이치의 집으로 갔다.

신축한 지 얼마 되지 않은 순이치의 친가는, 섬에서는 보기 드물게 현대적인 디자인으로 주변 어느 집보다도 한층 훌륭했다. 집이 위치한 곳은 개발지구는 아니지만 이 프로젝트를 위해 쉴 새 없이 드나드는 순이치가 6개월 전에 새로 지은 것이다. 최신 AV 기기로 무장한 자신의 홈시어터까지 완벽하게 갖춰놓았다.

"프로젝트 홍보용 DVD가 오늘 아침 완성되었어. 나도 아직 보진 못했는데 발표 전에 의견을 좀 듣고 싶어서."

중앙에 있는 가죽 소파에 아키오와 와타루가 나란히 앉자 순이치는 방안의 조명을 어둡게 하고 DVD를 넣었다.

"요즘 좀 바빴거든. 내일도 오전 내내 현장에 갔다 도쿄로 바로 가야 해. 도무지 느긋하게 술 한 잔을 마실 시간이 없으니, 젠장."

순이치는 변명하듯 중얼거렸다.

아키오의 집이 이전에 동의하고 나서는 자신의 역할이 끝났다는 듯 섬에도 잘 오지 않았다. 이번에 온 것은 내일 마을 현장에서 프로젝트 진행상황을 보고하기 위해서다. 착공은 한 달 후로 다가왔다.

"아키오, 나하에 이사할 곳은 정했나?"

순이치는 리모컨을 들고 소파 뒤의 의자에 앉았다. 아키오는 고개를 끄덕였다.

"친척이 교외에 작은 집을 찾아주었어. 할머니 병원 소개장도 받았고."

와타루는 놀라 아키오를 쳐다본다.

"나하? 그게 무슨 소리야. 난 금시초문인데. 아키오, 너…."

순이치가 끼어들었다.

"나도 깜짝 놀랐지. 이제 와서 나하라니…. 아, 시작했다."

커다란 화면에 파란 바다를 찍은 영상이 나타났다. 경쾌한 기타 음악이 배경에 흐르기 시작한다. 프로젝트 예정지, 남쪽 해변의 풍경이다. 화면 가득 나오는 카후의 옆얼굴은 만족스러운 표정이다.

"연출은 아사리 게이타로. 카메라는 거장 시노하라 기신. 올여름 시노하라 선생이 섬 풍경을 근사하게 찍어주었지."

파도가 부딪히는 바닷가에 산호조각을 주우면서 걷는 긴 머리 여성의 뒷모습. 그 뒤를 검은 개가 쫓아간다.

순간 아키오는 화면에 못 박히듯 시선이 정지되었다.

화면 안의 여자가 개를 돌아다본다. 연기가 아니다. 지극히 자연스러운 미소다. 그 꽃 같은 미소는 틀림없는 '사치'였다.

와타루는 눈을 휘둥그레 뜨고 순이치를 돌아보았다. 순이치가 "어, 이 개는….."하고 이상하다는 목소리로 중얼거렸다.

'사치'가 산호 조각을 주워 바다로 던진다. 검은 개가 있는 힘을 다해 바다로 뛰어든다.

"파란 바다, 반짝이는 산호 해변. 이곳 요나키시마 남쪽 해변에 하이리조트 요나키가 탄생합니다."

내레이션이 나오기 시작했다. 순간 와타루는 벌떡 일어나 다짜고짜 텔레비전 전원을 꺼버렸다. 사치의 웃는 얼굴이 어두운 모니터 화면으로 사라졌다.

"순이치! 너, 도대체 무슨 심보야! 왜 이제 와서 사치 씨를 아키오에게 보여줄 필요가 있지?"

와타루가 큰소리로 말했다. 순이치가 뭔가 말을 하려고 일어서는 것과 동시에, 아키오는 말없이 일어나 황당하다는 표정을 짓고 있는 두 사람을 남겨놓고 방을 나왔다.

차에 올라타서 시동을 걸고 '사치'의 잔상을 떨쳐버리듯이 아키오는 힘껏 액셀러레이터를 밟았다. 라이트밴은 곧장 어둠 속을 빨려들듯 사라졌다.

의사가 청진기를 귀에서 빼더니 할머니를 향해 "예, 좋습니다. 편하게 하십시오."하고 부드럽게 말했다. 할머니는 벌어진 기모노 앞자락을 간호사가 여며주고 있는데도 눈을 꼭 감고 가만히 있었다.

"부정맥 증상도 보이니, 한 번 더 나키진 병원에라도 입원을 하시는 게 좋겠습니다."

할머니는 어제부터 가슴에 통증을 호소하여 일어나지도 못했다. 요즘 들어 왕진을 해주는 섬의 유일한 의사는 왕진을 마치고 가면서 현관에서 소리를 낮추며 아키오에게 알렸다.

"상당히 위험한 상태입니다. 나하가 아니더라도 지금은 일단 서둘러 입원을 시키는 게 좋겠군요. 각오를 하시는 게 좋을지도 모르겠습니다."

아키오도 벌써 며칠 전부터 재입원을 권하고는 있지만 할머니는 고집을 부리며 듣지 않는다.

어제 오늘은 가게도 임시휴업을 하고 할머니 옆에 꼭 붙어 있었다. 식사도 몇 술 뜰까말까하는 정도고 말을 걸어도 가물가물 졸고 있는지 대답도 제대로 하지 못했다.

검고 작은 얼굴은 마른 고목처럼 보였다. 아키오는 어떻게 할 수도 없어 꼼짝도 하지 않고 그 얼굴만 바라볼 뿐이다.

어떻게 할 수가 없다.

늘 이렇게 어찌 해볼 수가 없이 꼼짝도 하지 않고 기다릴 뿐이다. 불행한 사건조차도.

그날 아침, 사치가 나가기를 꼼짝도 하지 않고 기다렸다. 그 순간이 지나가기를.

그리고 지금 할머니가 죽어가는 것을 이렇게 기다리고 있다.

좋은 일이나 나쁜 일이나 견디고 기다리면 지나가게 마련이다. 아키오는 지금까지의 인생에서 그것을 터득했다. 불행한 사건이 더 많았기 때문에 그런 식으로 학습이 되었을 것이다.

"속으로 천천히 셋을 헤아리는 거야."

속상한 일은 셋을 헤아리는 동안 지나간다. 불행한 사건은 좀 더 긴 시간이 걸릴지도 모르지만 그것도 언젠가는 사라져갈 것이다.

아키오는 할머니가 숨소리를 내기 시작하는 것을 확인한 뒤 집으로 돌아와 카후를 벵골보리수 모퉁이까지 데리고 갔다가 즉시 돌아왔다.

요즘 들어서 충분히 놀아주지 못하고 있다.

어두워질 때까지 산호를 바다에 던지며 놀다가 집에 가면 할머니한테 야단을 맞곤 했었다. 하지만 가시복을 잡아오면 금방 기분이 좋아지셨다.

‘…사치도 눈을 반짝이곤 했지.’

사치가 나가고 나서 아키오는 애써 그녀를 떠올리지 않으려고 했다.

집 정리와 할머니 간병 등 번잡한 일상에 몰두하면서 그녀의 모든 것을 기억 밖으로 몰아내려고 노력했다.

그러나 실제로는 그 반대였다.

무엇을 봐도 무엇을 해도 그녀의 모습, 그녀의 목소리, 그녀의 말, 생생한 표정이, 거기 있는 것처럼 선명하게 떠오른다.

아무리 사소한 일에도 사치의 추억이 깃들어 있었다.

설거지를 하다가도 세상에 무슨 생각으로 스펀지를 삶아버릴 수가 있었을까, 하면서 혼자 빙그레 웃게 된다.

담배로 손이 갈 때마다 ‘아니지, 금연하기로 했잖아.’ 하며 자신을 나무란다.

마당에 나가려고 신발을 신을 때마다 자기도 모르게 가지런히 놓인 샌들을 찾곤 한다.

그리고 여기저기로 벗어던진 샌들을 발견할 때마다 사치는 이제 없구나, 하는 생각을 하게 된다.

맥주를 마시고 발그레하게 취한 얼굴.

산책을 나갈 때마다 들리던 터질 듯한 웃음소리.

새하얗고 반들반들한 무릎.

딱 한 번 닿았던 부드러운 입술.

바람이 불 때마다 흔들리던 하얀 원피스 자락.

하늘을 올려다보면 저 멀리 구름 위로, 바다를 바라보면 수평선 끝에서 끝까지 사치가 있었다.

산책에서 돌아오자 카후는 얌전하게 사슬에 묶였다. 아키오는 음식재료며 빨래를 들고 할머니 집으로 간다.

침실을 들여다보니 할머니는 여전히 조용한 숨소리를 내며 잠들어 있었다. 특별히 달라진 모습도 없다. 저녁 준비를 하기 위해 침실을 나오려고 했을 때였다.

"아키오!"

할머니의 목소리가 들렸다. 너무나 단호하고 큰 목소리라 아키오는 펄쩍 뛰어오를 뻔했다.

"깜짝 놀랐잖아요. 오늘은 기운이 좋으시네."

아키오는 돌아서서 다시 할머니 머리맡에 앉았다. 할머니는 여전히 눈을 감고 있었다.

"사치는 어떻게 된 거냐? 어디 있는데 보이질 않아?"

또렷한 말투였다.

아키오는 흠칫 놀랐다. 할머니는 의식이 혼탁해져 있는 것 같았다.

“사치, 보물은 돌려놓았다더냐? 그럼 이제 됐느냐?”

‘보물?’

아키오는 할머니의 얼굴을 들여다보았다.

“할머니, 보물이라니, 무슨 소리예요?”

할머니는 순간 눈을 번쩍 떴다. 아키오를 보더니 갑자기 무서운 눈초리가 되어,

“이런 멍텅구리 같은 녀석.”

다짜고짜 호통이다.

“행복하게 해주라고 그렇게 일렀건만. 저쪽에서 오기를 기다리기만 할 거냐? 노상 그런 식으로 살다가는 영영 행복해지지 못할 거다.”

그리고 다시 가물가물한 눈을 천천히 감았다.

아키오는 한숨을 길게 내쉬며 머리를 긁었다.

‘제기랄, 할머니를 당해낼 재간이 없군. 모든 걸 꿰뚫어보고 있으니까.’

고목 같은 마른 얼굴. 하지만 이상하게도 평온한 그 잠든 얼굴을 아키오는 벽에 기대 앉아 오래도록 지치지 않고 바라보았다.

마당은 온통 벌레우는 소리로 시끄럽다.

할머니와의 이별은 그런 조용한 시간 중에 찾아왔다.

별들이 쏟아질 듯 맑게 갠 밤이었다.

14

마당에서 카후가 자지러지게 짖기 시작했다.

유난히 극성스럽게 짖어대고 있다. 이렇게 짖는 걸 보면…. 아니나 다를까 밖을 내다보니 순이치였다.

검은 양복에 검은 넥타이를 매고 있다. 11월이라고 하지만 한낮의 섬 기후는 초여름 날씨다. 순이치는 이마에 구슬 같은 땀을 흘리면서 카후를 피해 툇마루로 다가왔다.

"이런, 한참 못 봤으니 나 같은 건 잊었을 줄 알고 왔는데 이렇게 짖네. 좀 봐줘라, 카후!"

순이치는 카후로부터 1미터 이상 떨어져 툇마루에 앉았다. 무서운 걸 모르는 순이치도 카후 앞에서는 여전히 한심할 정도로 꼼짝 못한다. 아키오는 터지려는 웃음을 참는다.

"무슨 일이야, 그런 차림으로."

“무슨 일이냐고? 할머니 초칠일 제사 참석하러 왔지. 장례식에도 못 와봤으니.”

구두를 벗으면서 흐르는 땀을 닦고 있다.

불단 주위로는 꽃이며 과자 등 여러 가지 제물들로 그득했다. 친척이나 연고자가 없는 할머니였기 때문에 아키오는 자신의 친척과 의논하여 도모요세 가의 묘지에 할머니를 모시는 승낙을 얻었다. 장례식에서부터 묘지 안장까지 분주한 일련의 행사가 이루어지고, 매일같이 밀려드는 조문객으로 아키오의 집은 어수선했다. 할머니와의 추억을 안주삼아 술을 마시고 노래를 부르는 이 섬다운 초상을 치렀다.

그러나 그것은 가게를 닫기로 결심을 굳힌 아키오가 앞으로 어떻게 생활해갈지 걱정이 된 주민들이 그의 태도를 살피러 오는 조문이기도 했다.

그러나 사치에 대해 묻는 사람은 아무도 없었다.

불단 앞에서 분향을 하고 한참동안 손을 모아 합장하고 있던 순이치가 아키오와 마주앉으며 말했다.

“덥군. 도쿄에서는 얇은 코트를 입는데.”

아키오는 순이치에게 차가운 보리차와 부채를 권했다. 순이치는 상의를 벗고 보리차를 단숨에 마시더니 요란한 손놀림으로 부채질을 했다.

"이런 상황에 말하기 뭣하지만 전출 계약서를 갖고 왔어. 도장을 찍어주면 다음 주에는 보증금을 넣어주지."

가방에서 서류봉투를 꺼내 아키오에게 건넸다. 아키오는 말없이 그것을 받아든다.

"전보다 휑하네. 벌써 짐은 대충 정리했나 보군."

"응, 원래 가진 게 없었는걸."

"가게는 언제까지 할 건가."

아키오는 약간 쓸쓸한 얼굴로 웃었다.

"실은 오늘이 마지막 날이야. 마음 같아서는 장례식과 동시에 정리를 할까 했는데 단골손님들한테 미안하다는 생각이 들어서."

"아, 그래? 방해해서 미안하다."

"괜찮아. 지금은 마지막 낮잠 시간이니까."

"마지막까지 낮잠은 챙기겠다, 이거지."

순이치가 웃었다.

"앞으로 어떻게 할 거야? 할머니는 돌아가셨으니 나하로 갈 이유도 없어졌잖아."

아키오는 부채가 팔랑팔랑 움직이는 모습을 바라보면서 작은 목소리로 대답했다.

"글쎄, 어떻게 할까."

순이치는 아키오와 눈을 마주치지 않고 빈 보리차 컵으로 시선을 떨구고 있더니 갑자기 부채를 든 손놀림을 멈추고 불쑥 물었다.

"너… 앞으로도 계속 혼자 있을 거냐?"

조용한 미소를 띠면서 아키오가 대답했다.

"응."

순이치는 손에 든 부채를 괜히 빙글빙글 돌리면서 입을 다물고 있다가 이윽고 언제나처럼 명랑한 투로 말했다.

"어때, 우리 회사에 들어오지 않겠어?"

아키오는 고개를 들었다.

"넌 이 섬에 대해 잘 알고 있잖아. 그러니까 홍보부장으로 일해 주었으면 하는데. 실은 오늘 그 이야기를 하고 싶어서 온 거야."

하이리조트 요나키에서는 2백 명이 넘는 스태프들이 일할 예정이다. 섬 주민의 고용을 창출하는 것도 처음부터 약속되어 있는 일이다. 아키오가 장사를 접는다면 리조트 홍보 업무에 참가해 달라고 해야겠다는 생각을 했다고 순이치는 말한다. 1년 계약직으로, 연봉은 650만 엔. 보너스는 성과를 보고 별도로 지불한다. 지금까지 해온 장사와 비교하면 연수입이 세 배 이상이다.

아키오는 특별히 놀라는 기색도 없이 차분한 얼굴로 듣다가 이윽고 깊이 고개를 숙였다.

"고맙네. 솔깃한 이야기야."

"무슨 소리야. 자네 힘이 필요해서 하는 제안이야. 나를 좀 도와주지 않겠어?"

아키오는 즉시 대답하지 않았다. 순이치는 끈질기게 아키오가 대답하기를 기다렸다.

"나 같은 사람이 그런 일을 할 수 있을까?"

조심스럽게 아키오가 말했다. 순이치의 눈이 빛났다.

"네가 아니고는 할 사람이 없다니까."

순이치는 좀 더 힘 있게 말했다. 아키오는 자기도 모르게 쓴 웃음이 나왔다.

"너란 녀석은 항상 자기주장만 한다니까."

그런 면을 동경했었다. 그게 바로 자기한테는 없는 것임을 아키오는 잘 알고 있었다.

"그렇다니까. 너도 잘 알잖아. 이제 너도 한번 멋지게 살게 해주고 싶어서 그래."

"젠장, 웬 참견이냐."

"참견할만하니까 하는 거야. 평생 책임져줄게. 각오하라고."

두 사람은 함께 소리 높여 웃었다.

마지막 손님을 보내고 6시 정각에 셔터를 닫았다.

아키오는 허전해진 가게 안을 둘러보다가 길게 한숨을 내쉬었다.

계산대 뒤의 벽에 걸린 달력은 아직도 9월로 되어 있다.

'새집 착공'

25일 날짜에 동그라미가 쳐 있고 그 아래 사치의 글씨가 춤추고 있었다.

입가에 저절로 미소가 번진다.

지난여름의 그 설렘은 무엇이었을까.

기적처럼, 아키오의 인생을 휘저어놓고 지나갔다.

진열장에 있는 남은 상품을 하나하나 집어들고 바라본다. 즉석 카레, 파인애플 통조림, 학습 노트, 모기향. 아무런 의미도 없는 물건들.

하얀 봉투가 든 팩을 집어들고 아키오는 그중 한 장을 꺼냈다.

어둑한 형광등에 그것을 비춰본다.

'사치'라는 글자를 달빛에 비쳐보던 날 밤.

그 여름이 그렇게 찾아왔었다.

그날 밤 아키오는 뜻밖의 물건을 발견했다.

친목회 회원에게 빌린 100만 엔을 갚겠다고 한 날짜가 다가

오고 있었다. 두 달 이내로 갚겠다는 약속을 했기 때문에 순이
치의 회사로부터 지불되는 전출보증금으로 충당할 생각이었
다. 사치가 떠난 다음 아키오는 새집과 점포를 포기하고 보증
금을 받는 계약으로 변경했다. 그리고 할머니와 나하로 이사를
가고 남은 돈으로는 그 100만 엔을 갚을 생각이었던 것이다.

하지만 할머니마저 세상을 떠난 지금 나하로 갈 이유도 없어
졌다.

아무튼 100만 엔을 갚으면 사치와의 일도 종지부를 찍을 수
있다. 그런 식으로 생각하고 있었다.

계약서를 상 위에 펼치면서 아키오는 오늘 순이치가 한 이야
기를 반추해보았다.

이 가게를 닫고 앞으로 어떻게 할 건가. 아무런 마련도 없었
다. 모든 것을 깨끗하게 잊고 싶다. 오로지 그 생각에만 매달
렸다. 그런 반면 이러지도 못하고 저러지도 못하는 심정인 것
도 사실이다.

순이치는 이런 순간을 절대 놓치지 않는다. 홍보부장 이야기
는 아키오가 아니라도 이미 다른 사람에게도 얼마든지 언질을
해두었을 것이다. 순이치의 입장으로서는 나름대로 미안한 마
음을 무마해 보려는 생각인지도 모르지만, 아무튼 친구의 제안
을 진지하게 생각해 보겠다는 긍정적인 기분이 되었다.

계약서를 훑어보고 인감을 찍기 위해 불단 맨 아래 서랍을
열려고 했을 때였다.

향꽂이며 제물 등으로 불단 앞은 항상 어수선했다. 할머니가
돌아가시고 나서는 더욱 정신없이 뭔가가 늘어져 있다. 그런
물건들을 하나씩 옆으로 밀어놓고서야 간신히 서랍문을 열 수
있었다.

아키오는 눈이 휘둥그레졌다.

서랍 손잡이에 나비가 꽂혀 있었다.

사치의 머리장식이다.

아키오는 그것을 천천히 벗겼다. 메모가 꽂혀 있다.

보물을 돌려놓겠습니다.

잘 찾아보세요.

작은 쪽지 뒤에는 한마디가 더 적혀 있다.

할머니의 수술비.

아키오는 숨이 멎는 것 같았다.

서랍을 단숨에 열자 거기에서 봉투가 세 개나 나타났다.

하나는 만 엔짜리 지폐가 가득 들어 있다. 100만 엔이었다. 나머지 두 개는 만 엔짜리가 열다섯 장씩 들어 있었다.

아키오는 천장을 바라보았다.

친목회 회원에게서 빌린 돈, 그리고 사치의 두 달 분 급료였다. 아키오는 봉투를 양손에 꽉 그러쥐고 눈을 감았다.

— 보물.

— 무슨 의미지.

할머니도 잠꼬대처럼 말했었다.

"보물은 돌려놓았다더냐? 그럼 이제 됐느냐?"

— 그러고 보니 다쿠미도 헤어지기 전에 말했지….

"누나가 그랬어. 좋은 데다 감췄다고."

"아키오…."

조심스럽게 부르는 소리가 들린다. 순간 아키오의 심장이 멈출 것 같았다.

자세히 보니 마당의 어둠 속에서 와타루가 됫병에 든 술을 들고 서 있다. 아키오는 봉투를 든 채 불단 앞에서 움직일 수가 없었다.

와타루는 천천히 툇마루로 다가왔다. 실눈을 뜨고 안방을 살피다가 아키오와 눈이 마주치자 웃으면서 말했다.

“어이, 오늘이 가게 마지막 날이지. 위로주 한 잔 할까 하고 왔는데.”

술병을 마루 위에 쿵 하고 놓더니 끙, 소리를 내며 툇마루로 올라앉는다. 아키오는 말없이 봉투를 꽉 쥐고 있다가 천천히 서랍 안에 도로 넣어놓고 툇마루로 나왔다.

“어때? 아무 일 없이 평온하게 잘 마무리 지었나?”

“…으응.”

아키오는 힘 빠진 목소리로 대꾸했다. 와타루는 무릎걸음으로 불단 앞까지 들어오더니 제단 옆 쟁반에 엎어놓은 술잔 두 개를 가지고 왔다. 툇마루에 잔을 놓고 술을 콸콸 따른다.

“자! 건배.”

잔을 들고 단숨에 마시려던 기세였지만 심상치 않은 아키오의 표정에 와타루의 손길이 멈췄다.

“왜 그래? 그렇게 무서운 얼굴로.”

아키오는 대답이 없다. 와타루는 쳐든 술잔을 내려 바닥에 놓았다.

“오늘 순이치가 여기 왔었지?”

와타루가 말했다. 역시 조심스러운 목소리다.

“그 친구, 보긴 그래도 소심한 사람이더군. 정작 중요한 이야기는 꺼내지도 못했다며 우리 집에 와서 푸념을 하더라니까.”

와타루는 다시 술잔을 집어들더니 무릎 위에서 찰랑찰랑 흔들었다. 한동안 잠자코 앉아 있다가 천천히 입을 열었다.

"지난번 그 친구 집에서 본 DVD 있잖아…. 그 왜, 사치 씨가 나오는 거 말이다."

아키오는 얼굴을 들었다. 와타루는 꼼짝도 하지 않고 손에 든 술잔을 바라보고 있었다.

"도무지 모르겠더라고. 상심한 친구 앞에서 이 녀석이 무슨 생각을 하나 싶었지. 아무리 네가 모든 걸 알고 있다는 걸 그 친구는 모른다고 해도 말이야. 안 그래?"

아키오는 고개를 끄덕였다.

"그런데도 너를 배신한 자기 여자가 나오는 비디오를 굳이 네 앞에서 보게 했지. 대체 무슨 속셈이었을까? 네가 그녀에게 차이고도 아무렇지도 않은 걸 확인하고 싶었을까, 아니면 이 여자는 내 여자다, 하고 너한테 폭로할 생각이었을까."

분명 그날 밤에 아키오는 순이치의 심정을 이해할 수 없어 괴로웠다. 와타루의 말대로 '사치'의 비디오를 보게 한 이유를 이것저것 생각해 봤지만 결국 포기했다. 순이치의 마음을 이해했다 한들 사치가 돌아오는 것도 아니기 때문이다.

하지만 와타루에게 새삼 질문을 받고 보니 아키오는 역시 어리둥절했다. 그 모습을 보고 와타루는 씁쓸하게 웃었다.

"알 리가 없지. 그런데 말이지, 그 여자가 글쎄….."

와타루는 술잔을 들고 단숨에 마시더니 뭔가를 포기한 듯 중얼거렸다.

"그 여자는 순이치가 전혀 모르는 여자였다지 뭔가."

서늘한 밤바람이 아키오의 볼을 스치고 지나갔다.

와타루는 크게 한숨을 쉬더니 구름 사이로 비치는 달을 보며 말을 이었다.

"네가 방을 나가고 나서 나는 녀석에게 따졌어. 사치 씨, 그러니까 순이치 녀석의 여자가 나오는 비디오를 아키오에게 보이다니, 대체 무슨 꿍꿍이냐고. 그 여자는 틀림없이 너랑 같이 있던 여자였으니까. 그랬더니 글쎄, 그 녀석이 어이가 없다는 얼굴을 하더니 이러는 거야. '무슨 소리야? 내가 보낸 아이는 이 여자가 아닌데.' 이러는 게 아닌가."

아키오는 숨을 삼켰다. 와타루는 뭐가 재미있는지 웃음을 터뜨렸다.

"믿어지지 않지? '내가 모르는 여자야.' 이러는 거야 글쎄. 우리 둘 다 뭐가 어떻게 돌아가는지 모르겠더라고. 그 녀석, 즉각 자기 여자한테 전화를 했어. 너한테 보냈다는 그 여자한테 말이야."

와타루는 자조하듯 얼굴을 일그러뜨리더니 계속 말했다.

“그 녀석, 전화를 걸더니 다짜고짜 ‘아키오가 기르는 개 이름이 뭐지?’하고 묻더군. 그랬더니 바로 자백을 하는 모양이더라. 그녀는 섬에는 아예 와보지도 않았던 거야. 순이치한테 처음 50만 엔을 받은 다음 다른 남자랑 하와이로 튀었다나. 그래서 너한테 사치 씨가 나갔다는 전화를 받은 순이치는 대뜸 제가 보낸 여자가 일을 잘 해치웠는줄 알고 나머니 50만 엔도 지불한 모양이야. 그야말로 엄청난 기세로 화를 내더군. ‘내가 완전히 당했어. 이럴 줄 알았으면 한 번이라도 직접 가게를 들여다보러 가봤어야 했는데.’라면서.”

탕 하고 잔을 툇마루 위에 놓더니 와타루는 크게 한숨을 내쉬었다.

“나도 털어놨지. ‘네 놈이 꾸민 일을 진작 아키오한테도 모조리 털어놨다.’고. 그 녀석 충격이 이만저만이 아니었어. ‘그럼 우리 때문에 결국 아키오가 결혼할 여자를 놓친 거 아냐.’ 어쩌구 하면서. 젠장.”

거기까지 한바탕 이야기를 하더니 와타루가 아키오를 향해 자세를 가다듬었다. 아키오는 할 말을 잃고 멍하니 앉아 있었다.

“이제 솔직하게 말해봐.”

와타루가 아키오에게 불쑥 물었다.

“그 여자는 대체 누구였나?”

아키오는 벌떡 일어섰다. 그 바람에 툇마루 위의 술잔이 팅겨 마당으로 굴러 떨어졌다. 놀란 카후가 컹, 하고 짖었다. 와타루도 놀라 반사적으로 일어섰다.

아키오는 샌들을 아무렇게나 신고 곧장 마당으로 뛰어나갔다.

"잠깐… 아키오! 어디로 가는 거야? 어이!"

아키오는 차를 향해 달려들었다. 시동을 걸고 나서 갑자기 생각난 듯이 다시 한 번 마당으로 돌아와 넋을 잃고 서 있는 와타루를 흘낏 보더니 사다리를 가지고 와서 뒷좌석에 실었다.

자동차는 액셀러레이터를 힘껏 밟자 그대로 어둠 속으로 달려나갔다.

와타루의 이야기를 들으면서 아키오는 오로지 사치가 말한 '보물'이 어디 있을지를 생각했다.

벌써 오래 전에 알고 있었다. 모든 것을.

핸들을 꽉 쥐면서 아키오는 기도하는 마음으로 차를 달렸다.

사치는 그 누구도 아니다.

그냥 사치였던 것이다.

그리고 '보물'을 숨겨놓은 장소는 오로지 한 군데밖에 없었다. 아키오는 자신의 직감을 믿었다.

해홍두 나무 위.

밤하늘은 쏟아질 듯한 별들로 빈틈없이 반짝이고 있었다.

학교 정문은 그때와 마찬가지로 쉽게 열렸다.

아키오는 사다리를 꺼내 왼쪽 어깨에 짊어지고 캄캄한 학교 안으로 들어갔다. 움직이는 거라곤 아무것도 없는 학교 한 모퉁이에서 부스럭거리는 잎사귀 소리는 해홍두 나무였다.

아키오는 곧장 나무를 향해 걸어갔다. 어두운 밤하늘에서 쏟아지는 별빛으로 차츰 주위가 눈에 익기 시작했다. 해홍두 나무는 아키오를 기다렸다는 듯이 술렁거리며 잎을 흔들어 손짓하고 있다. 아키오는 큰 나무 아래 서서 몇 겹으로 무성한 나뭇가지를 올려다보았다.

"못 찾아도 좋아요. 찾아봤다는 사실이 중요한 거예요."

그날 밤 사치가 했던 말이 떠올랐다. 아키오는 둥치에 사다리를 기대놓고 위에서 두세 번 눌러 고정 시키고 첫 번째 가로대에 발을 올렸다.

"미끄러우니까 샌들을 벗어. 그리고 얼른 올라가서 가져와."

소년시절, 이 나무에 처음 올라갔을 때 격려해주던 순이치의 목소리도 떠올랐다. 아키오는 자기도 모르게 샌들을 벗어던졌다.

한 발 한 발, 천천히 올라가면서 아키오의 기분은 마치 밤하늘 속으로 들어가는 듯한 이상한 착각을 일으켰다.

— 도대체 지금 나는 어디까지 가려는 걸까.

굵은 가지까지 도달했다. 손이 미끄러지지 않도록 조심하면서 몸을 밀착시켜 올라간 아키오는 갑자기 정신이 번쩍 드는 후회가 스쳤다. 손전등을 가져오지 않았던 것이다. 이리저리 겹친 가지는 밤바다처럼 어둡다. 눈을 부릅뜨고 바라보지만 살랑거리는 가지와 잎이 깊은 어둠을 만들고 있을 뿐이다.

갑자기 기운이 쭉 빠졌다. 그러다가 참을 수 없이 우스워졌다. 누가 보면 머리가 이상해진 사람이라고 했을 것이다. 한밤중에 사다리를 들고 허둥지둥 초등학교 운동장을 가로질러 나무에 기어오르다니.

아키오는 터져나오는 웃음을 참지 못하면서 나뭇가지에 찰싹 매달려 상체를 일으켰다. 달빛에 흔들리는 수면처럼 나뭇잎이 흔들린다.

그때 바로 눈앞에 작은 그림자가 흔들흔들 매달려 있는 게 보였다.

너무 가까워서 보이지 않았을까. 갑자기 세찬 바람이 불어와 그 물체가 흔들리면서 아키오의 이마를 스쳤다.

아키오는 오른손으로 눈앞의 잔가지에 매달려 있는 그것을 살짝 집어들었다.

마로 된 끈으로 아무렇게나 묶여 있다.

…해홍두 잔가지로 만든 펜던트.

'이것은….'

"엄마!"

아키오는 작게 외쳤다. 틀림없다. 어릴 때 어머니에게 준 펜던트였다. 어머니가 나가기 전날 밤에 제자리에 돌려놔야 한다며 야단을 쳤던 바로 그 펜던트였다.

'이것이 사치의 보물이라고?'

생각지도 않았던 기념품을 들고 아키오는 그 자리에서 움직일 수가 없었다.

갑자기 사다리에서 덜컹, 하고 소리가 났다. 바람이 세게 불었던 모양이다. 왼손에 펜던트를 꼭 쥐고 아키오는 사다리로 돌아왔다.

머릿속이 갑자기 하얗게 비는 것 같았다. 무슨 일이 일어난 건지 알 수가 없었다. 아무튼 이 펜던트는 아키오에게로 돌아왔다.

한 발 한 발 천천히 사다리를 내려간다. 마지막 단까지 오자 아키오는 벗어던진 샌들을 찾았다. 그 샌들은 아키오의 귀환을 기다리고 있었다. 아키오는 눈을 의심했다.

샌들 두 짝이 가지런히 뒤꿈치가 아키오 쪽으로 오도록 신기 편하게 놓여 있었다.

아키오는 숨이 멎는 것 같았다.

“…사치?”

중얼거린 아키오는 맨발로 땅바닥에 뛰어내렸다. 가지런히 놓인 샌들.

“사치”

다시 한 번 조금 크게 불러본다. 두 번, 세 번.

사치….

사치.

사치.

“사치!”

아키오는 맨발로 운동장 안으로 뛰었다.

돌아왔다.

어딘가에 있다.

어딘가에서 나를 기다리고 있다.

아키오는 사치의 이름을 외쳤다. 수도 없이.

외치면서 학교 안을, 어둠 속을, 별이 가득한 밤하늘을 보며 달렸다.

다음 주에 한 통의 편지가 우편함에 떨어졌다.

‘도쿠시마’ 소인과 함께.

편지를 써야 하나 말아야 하나 많이 망설였습니다. 하지만 그리운 그 집이 없어지기 전에 배달되어야 한다는 생각에 결심했습니다.

우선 한 가지 부탁이 있습니다. 모쪼록 읽은 후에는 재떨이 안에다 태워주십시오. 저의 첫 편지를 그렇게 했듯이.

당신을 오래 전부터 알고 있었습니다.

어머니가 가르쳐주셨지요.

어머니란 당신의 어머니를 말합니다. 제 아버지를 쫓아 섬을 나왔다고 했습니다.

두 사람은 운명적인 사랑이었다고 합니다. 아버지는 건설관계 일을 했고, 오키나와 박람회 공사현장에서 당신 어머니를 만났다고 나중에 들었습니다. 제 친어머니는 저를 낳고 세상을 떠났습니다. 할머니에게 맡겨진 저는 아버지가 당신 어머니와 살림을 차리면서 같이 살게 되었습니다. 그 당시 제 나이 세 살. 당신 어머니는 제게는 피를 나눈 이상의 어머니가 되었습니다.

어머니는 당신을 두고 아버지를 따라 섬을 나온 것을 오래오래 후회했습니다.

어릴 때부터 당신에 대한 이야기를 자주 들었습니다. 아키오
(明青), 밝은 파란색. 그 이름을 얼마나 동경했는지 모릅니다.
이름대로 밝고 활발하고 까맣게 그을린 얼굴로 어머니를 배려
하는 부드러운 소년. 섬 이야기도 해주셨습니다. 바다가 얼마
나 짙고 푸른지, 바람이 얼마나 상쾌한지. 따뜻한 사람들, 맛있
는 음식, 산신의 음색. 뒷집 할머니가 읊조리는 주문이며 기도
의 말. 그리고 바다로 이어지는 길모퉁이의 벵골보리수. 해변
의 복나무 방풍림. 우치나구치(오키나와 사투리 역자)도 많이 가
르쳐주었습니다. 어머니는 섬 이야기를 할 때면 정말 행복해
보였습니다.

그리고 해홍두 나무 펜던트. 어머니는 당신에게 받았다는 해
홍두 가지로 된 펜던트를 늘 몸에 지니고 있었습니다.

"섬의 물건은 어떤 것이든 섬 밖으로 갖고 나가선 안 된다.
가지고 나가면 그 사람에게 재앙이 내린다. 신이 깃들어 있기
때문이지. 벌을 받는 거야. 그러니까 원래 있던 곳에 돌려놓아
야 한단다."

어머니 말을 듣고 "그럼 돌려주러 가요."하고 졸랐지만 어머
니는 힘없이 웃으며 고개를 가로저을 뿐이었습니다.

그래서 저는 어머니랑 같이 펜던트를 되돌려 놓으러 가는 장

면을 수도 없이 상상했습니다. 그리고 상상 속에서 아키오 소년과 해변에서 날이 저물 때까지 놀았습니다. 뛰어다니고 바닷속에 뛰어들어 헤엄을 치며 놀다가 지쳐 바람이 잘 통하는 방에서 같이 잠을 자는 꿈을 꾸었습니다.

아버지는 사랑의 도피행각까지 하면서 재혼을 했지만, 실업을 계기로 어머니를 들볶기 시작했습니다. 일도 하지 않고 술만 마시고 걸핏하면 폭력을 휘둘러, 어머니와 저는 늘 두려움에 떨며 지냈습니다. 그 무렵 어머니는 항상 눈물로 나날을 보냈습니다. 같이 섬으로 가자고, 아키오 오빠한테 가자고 제가 그렇게 졸라도 "미안하구나, 섬에는 두 번 다시 돌아갈 수 없단다." 하면서 울기만 했습니다.

어머니는 어느 날 일을 하러 나간 채 돌아오지 않았습니다. 다시 집을 나갔던 것입니다. 나를 두고. 그때가 제 나이 스무 살이었습니다. 그리고 어머니의 뒤를 따르듯이 아버지도 어딘가로 가버렸습니다. 저는 그 이후로 내내 외톨이로 살아왔습니다.

몇 번인가 남자도 사귀었지만 하나같이 오래 가지 않았습니다. 아무래도 아버지 같은 한심한 남자만 골라 사귀었던 모양입니다. 이상한 일이지요.

하지만 언젠가는 꼭 어머니를 만날 수 있다고, 다시 한 번 가족으로 살 수 있을 거라 믿으며 이사도 가지 않고 어머니가 돌아오시기를 기다렸습니다.

당신도 저보다 훨씬 오랫동안 반드시 돌아올 거라며 어머니를 기다렸다고 들었습니다.

그런 당신에게 이런 소식을 전하게 되어 정말 안타깝습니다.

3년 전 드디어 어머니가 계신 곳을 알아냈습니다. 호쿠리쿠의 외딴섬에 있는 리조트 호텔. 거기서 일을 하고 있던 어머니는 그곳 숙소에서 새벽에 조용히 숨을 거두었다고 합니다.

어떻게 어머니의 죽음을 알았는지 유품을 받아 챙긴 아버지가 전화를 걸어와 만났습니다. 풀이 죽은 아버지는 한없이 볼품없고 작아 보였습니다. 유골 이외의 유품은 필요 없다고 했습니다. 어머니의 유품은 싸구려 가방 하나와 낡은 코트, 뒤꿈치가 다 닳은 구두뿐이었습니다. 그리고 메마른 나뭇가지로 만든 펜던트. 그것은 세상을 떠나던 순간에도 어머니 목에 걸려 있었다고 합니다.

어머니가 무슨 생각으로 마지막 몇 년 동안을 북쪽 외딴섬에서 보냈을까요. 그걸 알고 싶어서 작년에 어머니가 일하던 리조트 호텔 종업원으로 취직을 했습니다. 나쁜 직장은 아니었지만 닫힌 집단 안에서 생활하는 나날은 너무나 쓸쓸했습니다. 날이면 날마다 낯선 사람을 향해 고개를 조아리고 여기저기 흩어져 있는 슬리퍼를 가지런히 정리하고 억지웃음을 보내고. 남자손님에게 조금만 상냥하게 대하면 믿을 수 없는 돈을 내밀며 자기 방으로 오라는 노골적인 말을 들은 적도 있었습니다. 물론 그런 일은 하지 않았지만 언제부터인가 동료들 사이에 묘한 소문이 돌기 시작하더니 점점 외톨이가 되어갔습니다. 그러나 어머니는 혼자 이곳에 와서 만 2년을 보냈습니다. 그러니 적어도 그만큼의 세월 동안은 열심히 하자고 결심했습니다.

그러다가 사랑에 빠졌지요.

호텔 부지배인인데 처자가 있는 사람이었습니다.

알고 있었습니다. 절대로 두 사람의 사랑이 이루어지지 않을 것임을. 하지만 사랑에 눈이 멀어 아무것도 보이지 않았습니다. 그는 언젠가 부인과 헤어져 저와 결혼하겠다고 만날 때마다 약속했습니다. 부드러운 목소리로 달콤한 말만 속삭이던 사람. 그런 녀석들은 믿을 수가 없다고 언젠가 당신이 말했을 때 웃음이 터져 나왔습니다. 그가 바로 그런 사람이었기 때문입니다.

그의 아기를 임신했음을 알았을 때, 아, 드디어 결혼할 수 있겠구나, 우리는 가족이 되겠구나, 라는 생각에 믿고 털어놓았습니다. 그랬더니 아무 망설임도 없이 헤어지자더군요. 다음 달에 전근발령이 났으니 마침 잘됐다면서 말이죠. 돈을 주고 자기 맘대로 휴가신청을 하더니 나를 병원으로 데리고 갔습니다. 그 순간 모든 것이 어이없이 끝났습니다.

더 이상 살아갈 의미가 없겠다는 생각에 웃음밖에 나오지 않았습니다.

가족을 꾸리겠다니, 어리석은 환상을 가졌던 거지요. 아빠, 엄마, 아이가 있는 지극히 평범한 가족. 좋아하는 사람과 같이 살면서 아이를 건강하게 키우고. 그리 사치스런 꿈도 아니었지요.

하지만 그런 평범한 일이 제게는 용납이 되지 않았습니다.

나도 어머니가 있는 곳으로 가자. 그러는 게 훨씬 행복할지 몰라.

2월 11일. 어머니 3주기 날. 그날, 이 세상과 이별하기로 결심했습니다.

2월 10일, 저는 언제나처럼 연회장에 들어갔습니다. 그때 알게 되었습니다. 그곳에는 어머니의 고향사람들이 와있었습니다. 가슴이 터질 듯이 설렜습니다. 혹시 아키오 오빠도 있을지 모르는 일이니까요. 어머니가 마지막이니까 아키오 오빠를 만나게 해주려고 했는지도 몰라. 그런 식으로도 생각했습니다. 결국 언제나처럼 연회장과 주방을 오갈뿐 누가 누군지도 모르고 끝났지만요.

다음날 저는 휴가를 냈습니다. 저녁에 하토가케 절벽에서 뛰어내리기 전에 마지막 기도를 바치려고 히호 신사를 찾아갔습니다.

거기서 뜻밖의 기도문을 발견했습니다.

당신이 써놓은 에마였습니다.

놀랐습니다. 웃음이 나왔습니다. 웃을 수밖에 없었던 것이, 당신은 기도문을 써야 할 에마에 프러포즈를 썼는걸요.

어떤 사람일까. 예상대로 밝고 활달하고 편안한 사람일까. 사실은 당신이 쓴 에마를 몰래 가지고 왔어요. 신께서 화를 내실지도 모른다고 생각하니 겁이 나서 손이 떨렸지만 코트 안에 몰래 감추고는 눈길을 미끄러지듯 내달렸습니다. 달리면서 내 발이 하토가케 절벽으로 향하고 있지 않다는 사실을 깨달았습니다.

그날 밤에 당신의 에마와 해홍두 나뭇가지 펜던트를 머리맡에 놓고 한줄기 희망의 빛이 내려오는 것을 느꼈습니다.

어머니는 제 죽음을 바라지 않는다는 생각이 들었습니다. 그 증거로 당신과 저를 이렇게 연결시켜준 것이니까요.

그리고 당신의 메시지는 나를 위해 쓴 거구나. 자연스럽게 그렇게 믿게 됐습니다.

몇날며칠을 고민하다가 끝내 오키나와로 가기로 결심했습니다. 나하에 도착해서 편지를 쓰고는 눈을 꾹 감고 얼른 우체통에 넣었습니다. 그리고 나서 다시 망설였습니다. 혹시 찾아갔다가 당신이 받아보지도 못했다면 어떻게 할까. 혹시 이미 결혼해서 부인이 있으면 어떻게 할까. 망설이고 망설이다 보니 저도 모르게 우습다는 생각이 들 정도였습니다.

하지만 3주 하고도 사흘째 되던 날 나키진행 버스를 탔습니다.

당신을 만나기로 결심했습니다. 만나서 어머니 말대로 해홍두 펜던트를 돌려주자고.

이 인생을 바꿔보자는 맹세를 하면서.

그러고 보니 어릴 때부터 꿈꾸었는지도 모릅니다. 아키오 오빠의 아내가 되겠다는 꿈을.

그렇게 간단히 꿈이 이루어지지는 않았지만.

왠지 제가 계속 불행했다는 생각을 했어요. 나름대로는 열심히 살아왔다고 생각했고 열심히 누군가를 좋아했고 노력했건만 왜 이렇게 되었을까, 하고. 어째서 행복은 나를 찾아주지 않는 걸까, 하고.

입원중인 할머니께 이 모든 사실을 털어놓았습니다. 절대로 당신한테는 말하지 않는다는 약속을 하고. 불같이 화를 내셨어요. "이런 어리석은 것!"하고.

행복은 아무리 기다려 봐야 제 발로 찾아오지 않는다고 하셨어요. 직접 나가서 찾아야 한다고. 그러니까 모든 것을 당신에게 털어놓고 행복해지라고. 그게 유언이라고 하셨어요. 할머니가 그렇게 말씀하셨는걸요. 눈물이 멈추지 않았어요.

지금까지의 생활을 모두 버리고 과감히 여행을 떠난 저는 당신을 만났습니다.

당신과 같이 있을 수 있다는 것이 얼마나 행복했는지 알아요?

섬의 자연도, 할머니의 기도도, 벵골보리수 나무도 모든 것이 어머니에게 들은 그대로였어요. 그리고 당신이라는 사람도. 제 이름조차 부르지 못할 정도로 부끄럼이 많고 퉁명스러운 사람.

아무 말도 하지 않지만 줄곧 옆에서 지켜주겠다고.

나를 안아주던 당신의 튼튼한 팔. 어두운 물속에서 나를 끌어올렸을 때 제 안에 진짜 생명이 깃들었어요. 그래서 당신께 받은 이 생명을 이제는 함부로 할 수가 없어요.

당신의 부드러움, 당신의 밝음, 당신이라는 사람이 나의 새로운 보물이 되었어요. 무엇과도 바꿀 수 없는 존재가 되었어요.

당신을 생각하면 왠지 눈물이 나오고 또 동시에 웃음이 나와요. 왜 그러는 걸까요. 이런 기분 지금까지 없었어요.

앞으로 두 번 다시 만날 수 없다 해도 이 생각을 가슴에 안고 살아가고 싶어요.

마지막으로 부탁 한 가지.

한 번만 이름을 불러 주세요.

아키오 씨,

사랑해요.

카후 아라시미소리(행복하기를)!

p.s.

어머니의 보물을 제자리에 돌려놓았습니다. 찾아보세요.

제 보물이었던 그 에마도 제자리에 갖다 놓을 생각입니다.

15

바다로 이어지는 하얀 길 중간 벵골보리수 모퉁이가 구부러지는 부근에 '출입금지'라는 팻말이 세워졌다. 말뚝을 박고 노란 띠로 울타리를 해놓았다.

그 팻말 앞에 아키오와 카후가 나란히 서 있다. 저녁바람을 향해 선 두 그림자가 하얀 길 위로 길게 뻗어 있다.

수평선은 양팔을 한껏 펼쳐 아키오와 카후를 맞아주고 있다.

그 풍경을 바라보며 아키오는 바다 냄새가 나는 바람을 깊이 들이마신다. 카후는 연신 꼬리를 흔들면서 꼼짝 않고 그 순간이 오기를 기다리고 있다.

"좋아!" 아키오는 작게 외치며 손뼉을 짝 쳤다.

"카후, 가자."

순간 카후는 노란 울타리 밑을 빠져나와 해변을 향해 일직선으로 뛰어간다. 아키오도 몸을 비틀어 울타리 밑을 빠져나와 카후를 쫓아 고함을 지르면서 전속력으로 달린다. 저녁놀을 배경으로 선명한 두 실루엣이 해변을 달린다.

카후는 한바탕 뛰고 나서 늘 하듯 한 자리에 서서 아키오의 제1구를 기다린다.

아키오는 커다란 산호조각을 "얍!"하는 소리와 함께 바다를 향해 던진다. 풍요로운 금빛 바다로 카후가 몸을 날려 뛰어든다.

해변에는 아무도 없다.

카후를 둘러싼 아이들도, 쇼지네 집의 형제 개들도, 연인들도, 그리고 관광객조차 하나도 없다.

저녁상을 차려놓고 아키오를 부르러 오는 할머니도.

바닷가 민박도 다이빙 숍도 식당도 텅 빈 바닷바람이 지나갈 뿐이다.

끝없이 조용한 해변을 독점한 아키오와 카후는 시간가는 줄 모르고 논다.

저녁놀이 수평선으로 빨려 들어간다.

높다랗게 밤하늘 한복판에 밝은 달이 떠오른다.

이윽고 하늘에 별이 반짝이기 시작했지만 아키오와 카후는 여전히 놀이에 열중해 있다.

영원한 아이들처럼.

부두에서 저 멀리 나타난 페리의 그림자는 하얀 물거품을 일으키며 방파제를 향해 빠른 속도로 다가온다. 구름 한 점 없는 상쾌한 가을 하늘이다.

뿌우웅, 기적소리를 신호로 와타루 일가, 친목회 동료들, 그리고 카후가 다시 아키오 주위를 에워싼다. 아키오는 한 사람 한 사람 그을은 얼굴을 바라본다.

"정말 너처럼 미련한 놈이 또 있을까."

와타루가 한숨을 내쉬며 말한다.

"언제는 사치 씨가 떠날 수밖에 없도록 해놓더니. 이제 와서 찾으러 가겠다고? 바보 중에 바보다."

"알고 있어."

아키오가 대꾸한다. 그 얼굴에 환하게 웃음이 퍼진다. 와타루는 짐짓 고개를 돌려 외면한다.

와타루 옆에 있던 순이치도 티셔츠에 반바지, 그리고 샌들 차림으로, 영락없는 섬사람이다. 새카맣게 그을은 얼굴은 하와이 선탠도 괌 선탠도 아닌 바로 고향 섬 선탠이다. 그의 발치에 카후가 얌전히 앉아 있다. 순이치는 카후의 목줄을 맡게 되어 전에 없이 득의만면이다.

"이거 받아. 이별 선물이다."

아키오 옆으로 다가온 순이치는 주머니에서 휴대전화를 꺼냈다.

"일본 전국에 있는 내 지인들의 연락처가 모두 입력되어 있어. 언제든 연락해서 내 소개라고 하면 필요한 도움을 줄 사람들이야."

주소록에는 3백 개가 등록되어 있었다. 각각의 주소에 회사명과 순이치와의 관계 등 상세한 메모가 곁들여 있다. 아키오는 그것을 받아들고 두 손을 꼭 쥐었다.

"그리고 지난번에 이야기했던 그 자리는 네가 돌아올 때까지 비워둘 테니까…."

순이치는 하얀 이를 드러내며 씨익 웃었다.

"사치 씨를 꼭 찾아서 데리고 와."

아키오는 열심히 고개를 끄덕인다.

갑판으로 이어지는 승강대 입구에 승객들이 하나둘 모여들기 시작했다.

"그럼 다녀와라."

친구 하나가 오른손을 내밀었다. 아키오는 잠시 망설이다가 쭈뼛거리며 오른손을 내밀어 힘껏 마주 쥐었다. 그리고 친구들은 하나씩 아키오와 악수했다. 마지막으로 순이치, 와타루가 굳은 악수를 나누었다.

"우리 카후 잘 부탁한다."

아키오의 말에 와타루는 또 고개를 홱 돌렸다.

"이 녀석을 너무 오래 기다리게 하진 마."

와타루는 외면한 채 얼굴을 벅벅 문질렀다.

옆에 있던 여행가방을 집어들자 카후가 얼른 아키오의 발밑으로 바짝 다가갔다. 카후도 때가 되었다는 걸 알고 있는 것이다.

"카후!"

아키오는 몸을 굽혀 카후의 얼굴을 들여다본다.

카후는 밝은 갈색 눈으로 아키오를 가만히 마주본다. 맑은 눈에는 아키오만을 믿고 살아온 든든한 신뢰가 담겨 있었다.

"다녀올게. 말 잘 듣고 기다려."

잠시 후 출항을 알리는 소리가 승강장 입구에서 들렸다.

아키오는 다시 한 번 카후의 머리를 쓰다듬어주고 나서.

"그럼, 다녀올게."

하고 가방을 고쳐들었다.

갑판 위에서 바라보는 방파제는 이미 먼 세상처럼 느껴진다.

친구들이 다함께 크게 손을 흔든다.

그리운 얼굴은 모두 미소 짓는 얼굴로 뭐라고 큰소리로 제각기 외치고 있었다. 와타루 혼자만 더 이상 울먹이는 얼굴을 숨기려고도 하지 않는다. 기적이 울리고 배가 천천히 움직이기 시작했다.

카후가 갑자기 짖기 시작했다. 떠나는 배를 쫓듯이 짖고 있다.

"카후!"

아키오가 외쳤다.

카후는 순이치가 쥔 목줄을 힘껏 당기며 오래도록 짖었다. 그 모습이 작은 점이 되고 이윽고 섬 풍경 속으로 사라졌다.

아키오는 한참동안 갑판에 서서 혼자 강한 바닷바람을 맞고 있었다.

섬의 신이 사는 곳, 가민야가 멀어진다. 문득 그날의 일을 떠올린다.

태풍이 지나고 간신히 출항한 페리를 타고 아키오는 돌아왔었다.

사치를 찾겠다고 결심하면서.

아키오는 바닷바람을 힘껏 들이마시고 하늘을 쳐다본다.

'사치를 다시 만난다면.' 아키오는 생각했다. 뭐라고 하지.

말하고 싶었지만 입 밖에 내서 하지 못한 수천 개의 말이 있다.

이름도 제대로 불러보지 않았다고 생각하니 자기도 모르게 쓴웃음이 나온다. 우선 이름을 불러볼까.

지금까지 부르지 못했던 그만큼, 수십 번, 아니 수백 번.

"보물 찾았어. 감춘 장소는 금방 감을 잡았지." 자랑스럽게 말해볼까.

"나한테 시집오지 않을래요? 행복하게 해줄게요." 에마에 적은 메시지를 그대로 다시 말해주면 어떨까.

아니면 사치가 먼저 하게 만든 말. 사랑한다고 나도 말할까. 아키오는 혼자서 멋쩍게 웃는다.

하지만 아키오의 마음은 이미 정해져 있었다.

사치를 다시 만나면 제일 먼저 말해야지.

— 카후가 기다리고 있어요.

— 섬으로 갑시다.

그날 무지개가 떠 있던 가민야를 멀리 바라보며 아키오는 오래오래 바람을 맞으며 서 있었다.

카후를 기다리며

1판 1쇄 인쇄 _ 2007년 3월 10일
1판 1쇄 발행 _ 2007년 3월 21일

지은이 _ 하라다 마하
옮긴이 _ 오근영
펴낸이 _ 김승현
펴낸곳 _ 스튜디오 본프리(www.born-free.co.kr)

등록 제300-2004-72호 (2002년 2월 8일)
주소 서울특별시 종로구 혜화동 26-6
전화 02-742-2352(편집) 02-714-4594(영업)
팩스 02-742-2353(편집) 02-713-4476(영업)
이메일 master@born-free.co.kr

편 집 장 _ 송락현
출판기획 _ 문성기
편집진행 _ 문준식 · 최석진 · 강소희
북디자인 _ 글빛 · 이춘희
출판제작 _ GS 테크
영업관리 _ 박상율

값 10,000원

잘못된 책은 구입하신 곳에서 교환해 드립니다.

ISBN 978-89-91909-09-0 03830